슬레이어즈!

고블린을 제지하고 낚싯대를 쳐들었다.
"얏호, 월척이다!"
고블린은 당황해서 물고기를 붙잡았다.

내 뒤를 쫓아 제르가디스가
숲으로 들어왔다.
계획대로다.
하지만… 다음 순간,
녀석의 무릎이 내 명치를 파고들었다!!

나는 그의 정체를 알아차렸다···.
얼굴에서 살점이 떨어져 나갔다.

HAJIME KANZAKA **칸자카 하지메**

일러스트 | 아라이즈미 루이

번역 | 김영종

목 차

1. 조심하자, 도둑 약탈자와 밤의 여관　　　　　　11

2. 아담은 잊지 않고 찾아온다　　　　　　　　　61

3. 대위기! 붙잡혔다(한심해⋯)　　　　　　　　107

4. 이번에야말로 내 실력을 보여주겠다!　　　　157

에필로그　　　　　　　　　　　　　　　　205

　작가 후기　　　　　　　　　　　　　　　211

1. 조심하자, 도둑 약탈자와 밤의 여관

나는 쫓기고 있었다.

'아니, 그래서 뭐?'라고 물으면 좀 난처하지만….

물론 이런 일은 세상에 흔한 일이고 나에게 있어서도 일상다반 사이긴 하다. 하지만 그것은 그것.

이야기에는 줄거리라든지 클라이맥스라는 것이 있는 법이니까 어쩔 수 없는 일이라고 생각해주기 바란다.

그건 그렇고 추적자들은 코앞까지 와 있는 것 같다.

도적 떼들이다.

요즘 이렇다 할 사건… 알아듣기 쉽게 말하면 '일'이 없어서 주머니가 좀 가벼웠다. 그래서 도적들의 소굴에서 아주 약간의 보물을 슬쩍했는데.

그것이 잘못이었다.

정말 미미한 양이었는데 말이야.

난쟁이 손톱의 때만큼도 안 될 거야.

겨우 그것 가지고 끈질기게 쫓아오는 거 있지?

속 좁은 녀석들….

애당초 마음 넓은 녀석들이 도적질을 한다는 이야기는 들은 적이 없지만.

뭐, 지금 당장 뒤쪽에 도적들의 모습이 보일 정도로 사태가 절박한 건 아니지만. 그래도 이쪽은 가냘픈 여자의 다리. 우락부락한 남자들의 다리는 당해낼 수 없다. 따라잡히는 것은 시간문제.

아아, 가련한 미소녀 리나의 운명은 과연…?!

리나가 누구냐고? 나지, 누구야.

이크.

끊임없이 무언가를 생각하던 내 발이 문득 멈춰 섰다.

포위하듯 길 양쪽에 자라나 있는 울창한 나무들. 그 사이를 가로지르는 인적 없는 길. 화창한 오후의 햇살.

척 보기에는 방금 왔던 길과 그리 차이는 없어 보였다.

하지만….

새들의 울음소리가 들리지 않았다.

뚜렷한 살기가 수풀 속에 응어리져 있었다.

포위되었다.

아무래도 적들은 지리에 대한 지식을 살려서 나를 앞질러 온 것 같다.

말이라도 걸어볼까 했지만 그리 적절한 말이 떠오르지 않았기에 일단 침묵을 유지했다.

나는 멈춰 서서 기다렸다.

'미행하고 있다는 건 알고 있어'라는 의사 표시였다.

숲속의 외갈래 길이라고 해도 그런대로 넓었다. 옥신각신하기에는 충분한 공간이었다. 만약 폭이 좁은 길이었다면 양쪽 수풀 속에서 갑자기 푸욱! 찌를 수도 있었을 것이다.

잠시 후에 한 남자가 숲속에서 길로 나왔다. 내 앞을 가로막는 형태로.

"겨우 따라잡았군."

머리에서 머리카락이 전멸한 이 안대 아저씨는 요즘은 좀비나 스켈톤도 쓰지 않을 구태의연한 대사를 읊었다.

웃통을 벗고 있는 것이 마치 '나는 도적 떼의 두목이오!'라고 역설하고 있는 듯한 풍모였다.

시미터(언월도) 같은 것을 들고 있는 모양새가 꽤 그럴듯해 보인다. 그래 봤자 아무리 늦어도 이야기 중반에는 최후를 맞게 될 배역으로 보이지만.

차밍 포인트는 짐승 기름을 처바른 듯 끈적끈적 느끼함으로 충만한 피부(우에에에엑).

"잘도 우리를 괴롭혔겠다."

난 짜증이 났다.

또다. 이 녀석들 머리에 있는 단어는 다 합쳐도 백 가지를 넘지 않는 것 같다. 뭐 예전부터 알고 있던 것이지만.

그래도 정해진 패턴에서 좀 더 벗어난 대사는 못 하는 걸까?

"그 빚은 확실히 갚아주겠다."

저기 말야, 아저씨….

"…라고 말하고 싶지만…."

남자는 기분 나쁜 미소를 씩 지었다. 얼레?

"솔직히 말해 너하고는 싸우고 싶지 않아. 정면으로 붙었다간 이쪽도 호된 꼴을 당할 것 같으니까. 정말 넌 대단한 녀석이야.

아, 물론 칭찬이야. 그 수법은 정말 프로였지. 느닷없이 강력한 마법이 날아와서 이곳저곳 날아가고 여기저기 불꽃이 치솟고, 두목은 불에 타서 죽고, 그렇게 갈팡질팡하는 사이에 문득 정신을 차려보니 보물 창고에서 값나가는 물건이 소리도 없이 사라졌거든. 우리도 그렇게까진 못할 거야."

뭐, 그런 일도 있었던 것 같긴 하다.

뭐 어때, '악당에게 인권은 없다.'라는 것이 내 신조인데.

"정말 대단해. 어쨌거나 원칙대로 하면 '두목의 원수'니까 네가 죽든지, 아니면 우리가 모두 죽을 때까지 쫓아다녀야 하는 것이 도리지. 하지만 그건 아무리 생각해 봐도 서로에게 도움이 되지 않을 것 같아. 그래서 말인데… 우리와 함께 일해볼 생각은 없나?"

터무니없는 제안을 해왔다.

말도 안 되지.

난 정의롭지 못한 일을 엄청 싫어하거든.

정말이라니깐….

"보물을 돌려주고 우리의 동료가 된다면 죽은 두목과 동료들에 대해선 없었던 걸로 해주겠다.

뭐, 그리 어려운 일도 아니야. 내 말만 들으면 모든 게 잘될 테니까. 불편하게 하지도 않고 보수도 두둑하게 줄게. 어때, 나쁜 제안은 아니지?"

그는 그렇게 말하며 끈적끈적한 미소를 지었다.

아하.

그런 거였군.

쉽게 말해 이 남자는 얼마 전까지 넘버 투였던 것이다.

하지만 지난번 내가 일으킨 사건으로 두목이 죽었기에 예전부터 노리고 있던 두목 지위가 굴러온 것이다. 넝쿨째로.

그래서 복수보다는 보물을 되찾기 위한 일념으로 쫓았는데, 그러다 보니 내가 탐났던 것이다.

내 힘과 몸이.

하지만 유감스럽게도 난 도적들과 한패가 될 만큼 악당이 아니었다.

게다가 '난 도적이오' 하는 이런 풍채의 아저씨와 어깨를 나란히 한 채 '오늘 수확은 어땠어?' 같은 소리를 하고 싶은 생각은 털끝만큼도 없었다.

역시….

남자는 백마 탄 왕자님이 제일이라니까!

…그건 농담이고.

"대답은 빠를수록 좋아. 이런 곳에서 꾸물대봤자 끝이 없으니까. 새로운 잠자리도 마련해야 하고."

남자는 말이 좀 많아진 상태였다.

나에게 압박감을 느끼고 있는 것이다.

나는 계속해서 침묵을 지키고 있었다.

원래 난 전형적인 여자 목소리였기에 이것저것 주절거리면 남자의 마음이 조금은 편해지겠지만 그런 배려를 해줄 생각은 물론 없었다.

일방적인 주절거림이 계속되었다.

하지만 나는 그저 묵묵히 서 있을 뿐이었다.

남자가 점점 초조해하는 것이 눈에 선하게 느껴졌다.

지칠 때까지 주절거리게 해놓고….

"그러니까 어때, 응?"

"거절할래."

난 한마디로 딱 잘라 거절했다.

부자연스럽지 않을 만큼 가능한 한 낮은 목소리로 딱 부러지게.

"뭐…?"

남자가 쩍 입을 크게 벌렸다.

보고 있는 사이에 점점 안색이 바뀌어간다.

"아…!"

남자는 겨우 말을 쥐어짜 냈다.

"이 녀석, 오냐오냐 대해줬더니 기어오르고 있어! 그렇다면 나에게도 생각이 있다. 몸을 갈기갈기 찢어줄 테니까 각오하는 게 좋을 거야! 얘들아, 나와라!"

호령이 떨어지자 숲속에서 남자들이 나를 포위하는 형태로 우르르 나왔다. 그 숫자는 대충 십여 명.

"얼마 안 되는데?"

나는 솔직한 감상을 말했다.

남자가 유쾌할 정도로 심한 동요를 보였다. 내가 이 숫자를 보고도 동요하지 않자 움찔한 것이리라.

"흐, 흥! 물론 이뿐만이 아니야. 숲속에는 우리 동료가 지금도 널 화살로 노리고 있다. 내 명령 한마디면 네 몸은 고슴도치가 되고 말걸? 지금이라도 무릎 꿇고 빈다면 목숨만은 살려주지. 어때?"

뻔히 보이는 거짓말이었다. 숲속에 사람이 더 있는지 없는지 정도는 조금 실력이 있는 검사나 마법사라면 금방 알 수 있다.

검사이면서 마법사인 내가 그걸 모를 리가 없었다.

자만!

그렇다면 역시 실력으로 결판이 나겠는걸.

그런데 그때.

"그쯤 해두지 그래."

목소리가 들려왔다.

다들 그쪽으로 눈길을 돌렸다.

한 남자가 서 있었다.

여행 중인 용병인 것 같았다.

뽑아 든 장검이 오후의 햇살을 반사하고 있었다.

관악기가 연주하는 배경 음악이라도 있었으면 하는 장면이었다. 아이언 서펀트의 비늘로 만든 것 같은 거무스름한 브레스트 플레이트(가슴 갑주)와 날렵한 장신. 기술과 속도를 장기로 하는 전형적인 라이트 파이터(경전사) 타입이다.

옅은 금발에 상당한 미남이었다.

"이 좀도둑들, 냉큼 꼬리를 말고 도망치는 게 좋을 거다. 그렇게 하면 목숨만은 살려주지."

그는 태연하게 말했다. 도적 두목은 얼굴이 붉으락푸르락해져서 호통쳤다.

"시끄럽다! 갑자기 나와서 건방지게. 넌 대체 누구냐?"

"너한테 밝힐 이름 따윈 없어!"

…이봐, 이봐. 거기 너.

황당한 표정 짓지 말라고.

사실이니까 어쩔 수 없는 일이긴 하다. 나도 소태를 씹은 듯한 표정을 지었다.

곧잘 있는 법이다, 이런 녀석이.

누군가가 위기에 처하면 아무 상관도 없으면서 꼭 나타나는 녀석. 보통 대체로 잘생기고 그럭저럭 강하기도 한.

"건방진 녀석, 그럼 너부터 해치워 주마! 얘들아, 쳐라!"

"예!"

이리하여 정해진 패턴대로 난투극이 시작되었다.

난 남자에게 가세하려다가 여기서는 남자의 체면을 세워주기로 했다.

그래서 난 여주인공 역에 전념하여 쓸데없이 주위를 돌아다니며 꺄아꺄아 소리를 지르기로 했다.

…정말 쉬운데? 이거.

소리치는 것에 열중해 있었기에 무엇이 어떻게 되었는지 잘 알수 없었지만 어쨌거나 간단하게 결판이 났다.

물론 남자의 승리였다.

"괜찮아?"

남자는 내 쪽을 바라보다가 잠시 말문이 막힌 듯했다. 자랑은 아니지만(명백히 자랑이지만) 이래 봬도 용모에는 자신이 있다.

크고 초롱초롱한 눈망울.

사랑스러운 얼굴 생김새.

남자의 보호 본능을 자극하는 청초하고 아담하며 가냘픈 몸매.

남자가 크게 한숨을 쉬었다. 감탄의 한숨이로군.

작은 중얼거림이 뚜렷하게 들려왔다.

"뭐야, 어린애잖아…."

푸욱!

…나는 조금 상처 입었다.

남자는 계속해서 중얼거렸다.

"그럴듯한 장면이니까 좀 더 멋진 여자일 거라 생각했는데…. 모처럼 잘 보이려고 노력했는데…. 절벽 가슴에 도토리만 한 꼬마일 줄이야…."

좌악!

뭐, 같은 또래 여자애들보다 키도 좀 작고 가슴도 작다는 건 인정해. 분명 나이보다 어리게 보이기도 하고….

제길, 남이 가장 신경 쓰고 있는 것을….

본인은 들리지 않게 중얼거리고 있는 건지도 모르지만, 내 청력은 보통 사람보다 꽤 밝다. 엘프 수준이라는 말까지 들은 적 있을 정도.

뭐, 하지만 적어도 표면상으로는 날 도와준 거니까 일단 고맙다는 말은 해줘야겠다.

"저… 정말 고마워요."

나는 어색한 미소를 지으며 말했다.

"뭘, 고맙다는 인사를 받을 만한 일은 아니지."

그는 작게 웃었다.

"그보다 다친 덴 없니? 꼬맹아."

꼬맹이?!

"여자애가 혼자서 다니는 건 위험해. 어디 아버지나 누가 함께 있는 거야?"

울컥.

"아뇨. 저 혼자인데요."

꿈틀. 꿈틀. 꿈틀.

머리카락에 가려져서 남자에게 보이진 않겠지만 관자놀이 근처가 경련하고 있다는 것을 스스로도 알 수 있었다.

"그건 좀 위험한데……. 좋아, 그럼 이 오빠가 집까지 바래다주지."

너… 너… 너… 너 말이야!

"그런데 집은 어디니?"

울컥. 울컥. 울컥.

"아니… 저기… 전 혼자서 여행을 하고 있어서 특별히 어디 목적지가 있는 건 아니고… 일단 아트라스 시티에라도 가볼까 생각 중인데…."

"그래? 응. 그랬었군. 너도 참 힘들었겠구나."

"예?"

"아, 알고 있어. 알고 있다고. 이것저것 힘든 일이 많았지?"

"아니, 전…."

"아. 아무 말 안 해도 돼. 알고 있으니까."

으음.

난 금방이라도 분출될 것 같은 울화를 필사적으로 억누르기 위해 고개를 숙이고 감정을 죽인 채 말을 했다. 그런데 그것을 이 형씨는 '추궁받고 싶지 않은 것을 추궁받고 만 것에 대한 반응'이라고 착각한 모양이다. 아마도 날 '어떤 사정으로 정든 고향을 떠나야 했던 불행한 소녀' 정도로 생각하고 있겠지.

"아뇨. 전 그저 세상을 돌아다니며 여러 가지 것들을 보고 싶어서…."

사실대로 말했다.

"괜찮아, 그렇게 말을 꾸며대지 않아도. 더 이상 캐묻지 않을 테니까."

어린애를 타이르는 듯한 어조. 글렀어, 이래선.

"그래, 좋아. 그럼 내가 아트라스 시티까지 데려다주지."

이봐, 이봐, 이봐!

"아, 아뇨. 그렇게까지 하실 필요는…."

말도 안 돼.

아트라스 시티까지는 약 열흘.

이런 열받는 형씨와 온종일 얼굴을 맞대고 있으면 아트라스 시티에 도달하기 전에 스트레스로 위벽이 녹아버릴 것이다.

"아니. 난 알 수 있어. 너에겐 친구가 필요해."

단정 짓지 마!

"아뇨, 하지만…."

두 사람의 이야기는 그 후 한참 계속되어….

결국.

얼마 후 우리 두 사람은 나란히 길을 걷고 있었다.

설득당하고 말았다.

나는 머리가 아파왔다.

"아 참, 그러고 보니 자기소개를 아직 안 했군. 난 가우리. 보다시피 여행 중인 용병이야. 넌?"

나는 짜증 나는 마음에 한순간 터무니없는 이름이라도 댈까 생각했지만 부질없으니 그만두기로 했다.

"난 리나. 평범한 여행자야."

고분고분 본명을 밝혔다.

평범한 여행자라는 것이 거짓말인 것은 한눈에 보아도 뻔하지만.

하지만 가우리는 굳이 캐물으려 하지 않았다.

아마도 무슨 사정이 있어서 거짓말을 하고 있다는 정도로 생각하고 있을 것이다.

이것이었다, 내가 설득당하고 만 이유는.

그는 좋은 사람이었다.

착한 사람이었다. 만약 그의 의도가 내게 엉큼한 마음이라도 품고 '함께 여행이라도…? 헤헤헤' 같은 것이었다면 주저 없이 바로 날려버렸을 것이다.

하지만 가우리는 정말로 날 걱정하고 있는 듯했다.

그래서 거절하지 못했던 것이다, 그의 제안을. 하지만….

"하지만…."

그가 조그맣게 중얼거렸다. 나에겐 들리지 않는다고 생각하는 모양이다.

"아트라스 시티까지 애나 보며 가야 하다니… 별로 재미는 없겠어. 뭐, 상관없지만."

하지만 역시 열받게 하는 녀석이긴 했다.

혼자가 되자 비로소 나는 한숨을 돌렸다.

그날 밤 여관에서 일어난 일이다.

우리 두 사람은 여관을 잡고 저녁 식사 후 각자 방에 들어갔다. 참고로 가우리는 옆에 있는 1인실에 있다.

그리 넓지 않은 칸막이 방에 침대와 테이블이 하나씩 있고, 테이블 위 촛대에 작은 불이 켜져 있을 뿐인 허름한 구조였지만 그런대로 손질은 잘되어 있는 듯이 보였다.

짐승 기름이 타는 특유의 냄새가 방을 가득 채우고 있었다.

나는 방에 들어가자마자 문을 잠그고 망토를 벗었다.

망토가 바닥에 떨어졌다.

아아, 정말 힘들었다.

나는 망토 안쪽에 걸어둔 주머니를 꺼내어 도적들에게한테서 몰수한 전리품을 검토하기 시작했다. 빼앗은 보물을 감정한다고 말하기도 한다.

그동안 어수선했기에 오늘까지 정리도 하지 못하고 주머니 속에 넣어두고 있었다.

가치가 있어 보이는 물건 중에서 그리 크지 않은 것들을 가능한 눈에 안 띄게 가져오려 했는데, 나중에 보니 왠지 상당한 무게가 되어 있었다.

나는 펼친 망토 위에 주저앉아 여러 개의 가죽 주머니에서 여러 가지 것들을 끄집어냈다.

그러곤 속으로 작게 주문을 외우며 양손을 가슴 앞에 모았다.

마주했던 손바닥을 떼자 양손 사이에 빛의 구슬이 생겨났다. 그 빛의 구슬을 천장으로 띄워 올렸다.

환한 빛이 실내를 밝게 비추었다.

'라이팅(lighting)'의 주문이었다.

물건을 감정하는 데 어두운 촛불로는 불편했기 때문이다.

보석은 비교적 큰 것이 2~3백 개. 흠집이 있는 것도 있었는데 이건 나중에 정리할 것이다.

오리할콘제의 신상이 하나. 이건 가격이 상당해 보인다.

큼직한 나이프가 하나. 흔히 말하는 '마법의 무기'인데 걸려 있는 마법이 그리 좋은 성질은 아닌 듯하다.

"이런 물건은 잘못 쓰면 무고한 사람에게까지 해를 입히니까 마법 상점에 적당한 가격으로 팔아 치워야겠다. 나음은….."

약 5백 년 전에 멸망한 레티디스 공국의 공용 금화가 십여 개.

나는 저도 모르게 휘파람을 불었다.

"운이 좋은걸. 이건 마니아들한테 비싸게 팔 수 있겠어."

일단 이번 벌이는 이 정도였다.

그리 대단한 벌이는 아니었지만 도적들의 규모를 감안하면 적정 수준이다.

하지만 대단한 벌이는 아니라고 해도 그것은 어디까지나 나의 감상에 따른 것이었다. 이걸 다 헐값으로 처분한다고 해도 한 사람이 평생 부유하게 살 수 있는 금액이다.

하지만 배부른 소리라고 매도하진 말기를.

마법 같은 걸 하다 보면 돈이 꽤 필요해지는 법이니까.

"자, 그럼….."

나는 보석 정리에 착수했다.

일단 종류별로 나누고, 그다음 흠집이 있는 것과 없는 것으로 나누었다. 흠집이 없는 것은 그대로 팔아도 되지만 흠집이 있는 것은 값이 많이 내려간다. 그래서였다.

나는 짐 속에서 몇 가지 물건을 꺼냈다.

먼저 애들 주먹만 한 크기의 수정구 같은 것을 꺼내어 살며시 바닥에 놓았다. 그것은 빙글빙글 회전하다가 이윽고 천천히 멈추었다.

수정구 안의 표식이 창 쪽을 가리켰다.

"흐음, 저쪽이 북쪽이니까."

나는 중심에 마법진이 그려진 종이를 바닥에 펼쳤다.

크기는 가로세로 모두 양손을 가볍게 벌린 너비 정도로, 엘프 여성의 피부 같은 광택을 내고 있다.

아까부터 '같은'이라는 말을 연발하고 있는데, 도구의 재질이나 주문에 관한 것들은 영업 비밀에 속하므로 자세하게 설명하는 것은 사양하고 싶다.

어쨌거나 나는 나무로 만들어진 작은 판에 특수 잉크를 묻히고 별도의 작은 종이에 작은 마법진을 찍어냈다.

그리고 바닥의 마법진을 중심으로 흠집 없는 루비를 하나 올려놓고 그 위에 좀 전의 그 작은 종이를 올려놓았다.

그리고 '불'의 주문을 외우자 작은 종이는 불꽃을 내며 순식간에 재로 변했다.

"일단은 성공이야."

나는 바닥 위의 보석을 들여다보며 중얼거렸다.

루비 속에 작은 마법진이 보인다.

방금 그 술법으로 종이에 찍혀 있는 마법진을 루비 속에 봉인한 것이다.

다음 단계로 같은 종류의 보석 중 흠집 있는 쪽을 왼손으로 가볍게 쥐었다.

그리고 마법진을 봉인한 보석 위에 손을 올리고 '바람'의 주문을 외웠다.

손안의 보석이 마치 마른 흙덩이처럼 힘없이 부서져서 루비 가루의 비가 되어 아래쪽 루비에 쏟아졌다.

같은 작업을 여러 번 되풀이해 흠집 있는 루비를 모두 처리하자, 바닥의 마법진에는 루비 가루의 산이 쌓여 있었다.

"자, 그럼…."

나는 작은 병 속 투명한 액체를 그곳에 뿌리고 왼손을 올려놓았다. 그리고 '땅'의 주문, '물'의 주문을 어떤 패턴으로 조합하면서 외웠다.

올려놓은 손바닥이 뜨거워지며 루비 가루의 산이 한순간 눈부신 빛을 내뿜었다.

천천히 손을 치웠다.

산이었던 것은 경단 모양으로 바뀌어 있었다.

대성공. 남은 건 기다리는 일뿐이었다.

유약을 바르지 않고 구워낸 질그릇처럼 거칠거칠하던 표면이 마치 녹아드는 것처럼 조금씩 광택을 띠더니….

이윽고 그 안에 마법진을 봉인한 어른 주먹 정도의 커다란 루비가 완성되었다.

"좋아, 하나 완성."

나는 같은 요령으로 다른 종류의 보석들도 잇따라 처리했다.

이렇게 하면 '마법 제품'이 되기에 상당한 금액으로 팔아치울 수 있다.

그냥 목걸이 등에 넣어서 간단한 부적으로 사용할 수도 있고, 무기와 방어구에 넣으면 그 성능을 높일 수도 있다.

내 목걸이와 머리띠, 허리에 차고 있는 쇼트 소드 등에도 이것과 같은 것이 박혀 있었다.

멋도 있고 화려한 데다 게다가 실용적이기까지.

지금 중류층 이상의 가정에서 유행 중.

당신도 하나 어떻습니까? 주얼스 애뮬릿(보석 부적).

…아아아아아! 나도 모르게 광고를 하고 말았다!!

아니, 그게 무심결에. 장사꾼 집안에서 자라다 보니….

힘내라, 리나! 아트라스 시티까지 앞으로 9일!

…어쨌거나 다음 날 낮이다.

두 사람은 나란히 길을 걷고 있었다.

상쾌한 날씨였다.

근처 어딘가에 강이 흐르고 있는 것이리라. 작은 물소리가 들려왔다.

바람의 부드러운 속삭임에 나무 잎사귀가 수줍게 호응했다.

나뭇가지 사이로 비친 햇살이 하얗게 메마른 길 위에 빛을 드리웠다.

그런 오후였다.

나는 조그맣게 중얼거렸다.

"배고파…."

이봐, 돌 던지지 마!

배가 고픈 건 어쩔 수 없는 일이잖아!

아침에 여관에서 나온 후로 다음 마을까지 걸어서 꼬박 하루.

그 사이에 휴게소나 식당 따위가 전혀 없다는 것을 두 사람이 알게 된 것은 점심때가 조금 지났을 무렵, 길가에서 웬 상인단이 도시락을 먹고 있는 광경을 목격했을 때다.

"그런 말 하지 않기로 약속했잖아, 꼬맹아."

가우리가 완전히 탈진한 모습으로 말했다. 이쪽은 돌아보려고도 하지 않았다.

최소한 그 '꼬맹이'라는 말만은 하지 말아줬음 좋겠는데….

"남자에겐 참아야 할 때가 있는 법이야."

"난 남자가 아닌걸."

난 곧바로 응수했다.

가우리는 잠시 할 말을 잃고 내 쪽을 바라보았다.

"여자도 마찬가지야. 참아야 할 땐 참아야 해."

"그럼… 이런 목적 없는 여행 중에 배가 고파도 참아야 하는 거야?"

그가 발을 멈추었다.

잠깐의 침묵. 둘의 시선이 마주쳤다.

물소리만이 들려왔다.

결국 점심은 낚시를 해서 해결하기로 했다.

강은 조금 떨어진 곳에서 길과 나란히 흐르고 있었다. 길이 이 강을 따라 만들어졌다고 하는 편이 정확하겠지만.

헤엄을 쳐도 될 만큼 큰 강이었고 물도 깨끗하고 맑았다. 강가에는 모래가 꽤 넉넉히 깔려 있어 앉아서 쉬기에는 안성맞춤인 장소였다.

"물고기! 물고기!"

나는 노래하면서 주위에 떨어져 있는 나뭇가지 중 적당한 것을 주운 다음 짐 속에서 작은 낚싯바늘을 꺼냈다. 그리고 내 자랑거리 중 하나인 기다란 밤색 머리카락을 여러 가닥 뽑아 이어서 길게 만들었다. 그렇게 해서 바늘과 나뭇가지에 묶으면….

"완성!"

이걸로 낚시 도구가 완성되었다.

"생활력이 강하구나, 너."

가우리는 옆에서 연신 감탄했다.

"이것 좀 들고 있어."

나는 가우리에게 낚싯대를 맡기고 강가로 갔다. 그리고 물에 잠겨 있는 돌멩이를 몇 개 뒤집어서 바닥에 붙어 있는 기분 나쁜 벌레(이름은 모름)를 몇 마리 붙잡았다.

벌레를 낚싯바늘에 걸고 수면에 드리운다.

살랑살랑. 살랑살랑.

우…웅.

낚싯대를 거두고 다시 한번 에잇!

살랑살랑. 살랑살랑….

(중략)

그리고 잠시 후 물고기 몇 마리를 낚을 수 있었다.

가우리가 피운 불로 즉석에서 구워 소금을 뿌려 먹었다.

으음, 정말 맛있어!

분명히 말해두지만 나는 솜씨 없는 싸구려 식당 밥보다 이런 걸 더 좋아한다. 작은 물고기라면 머리째 통째로 씹어 먹을 정도.

"너, 제법이구나. 통째로 씹어 먹다니…."

가우리가 못 믿겠다는 표정으로 말했다. 그는 남자인 주제에 여자아이처럼 깨작깨작 살점만을 발라먹고 있었다.

"아깝게…."

나는 탄식했다.

"머리까지 먹으라곤 않겠지만 최소한 창자 정도는 먹지 그래."

"익~ 난 싫어. 창자를 어떻게 먹어!"

"뭘 모르는구나. 여기가 제일 맛있다고."

난 두 마리째 물고기로 손을 뻗어 창자 부분을 입에 넣어 보였다.

"하지만 창자는 내장이잖아."

가우리는 꺼림칙하다는 투로 말했다.

"당연한 소리."

"네가 아까 잡은 벌레가 들어 있단 말이야, 거기에⋯."

푸읍!!

나도 모르게 입에 든 것을 내뿜고 말았다. 너⋯ 너 말이야⋯.

"그⋯ 그야 그렇지."

"그렇잖아."

"그렇긴 한데⋯."

하필이면 먹고 있을 때 꼭 그런 말을 할 필요는 없잖아.

투덜투덜투덜.

그런 대화를 나누면서 우리는 낚아 올린 물고기를 싹 해치웠다.

노파심에 말해두는데 먹은 숫자는 가우리 쪽이 많다.

"음⋯ 조금 부족한데⋯."

"그럼 좀 더 낚아볼까?"

난 영차, 하고 일어나서 모닥불을 떠나 아무렇게나 놓아두었던 낚싯대로 손을 뻗었다.

하지만 그 손은 도중에 멈추었다.

기척을 느꼈던 것이다.

"고블린이야…."

천연덕스럽게 가우리가 말했다. 나에게 간신히 들릴까 말까 한 작은 목소리였다.

"아까 얼핏 보였어. 열 마리 정도더군."

아하.

나는 낚싯대를 집어 들었다.

아무래도 이 부근은 고블린의 구역인 모양이다. 그래서 근처에 식당과 휴게소가 하나도 없었던 거다.

고블린… 이 흔한 생물을 모르는 사람은 없을 것이다.

고블린은 커봤자 키가 어른 가슴 정도밖에 안 되는 인간형 생물이다. 야행성이고 지능은 어느 정도 가지고 있으며 성격은 난폭한 편. 겁이 많기도 하지만.

큰 도시에서 떨어진 마을이나 부락에선 밤중에 이 녀석들에게 가축 등을 도난당하는 경우가 종종 있었다.

추신 : 가지고 놀면 재미있다.

나는 낚싯바늘을 왼손으로 살짝 쥐고 입 속으로 조그맣게 입질의 주문(가명)을 외웠다. 이건 나만의 독점 마법인데 이것을 공개하면 강에서 물고기가 한 마리도 남김없이 사라지는 일도 생길 법하기에 다른 사람에게 가르쳐줄 생각은 없고 나도 평소엔 쓰지 않는다.

주문을 다 외운 바로 그때.

케엑!

기묘한 고함 소리를 내며 고블린들이 수풀 속에서 뛰쳐나왔다. 녹슨 작은 검과 막대기 끝에 쇳조각을 단 거나 다름없는 창 등으로 대충 무장은 하고 있었다.

고블린 강도 떼였다.

"쉿, 조용히 해!"

곧바로 내가 고블린어로 말했다.

고블린들의 움직임이 순간 딱 멈추었다.

지금이다!

그 틈을 타서(그렇게 대단한 일은 아니지만) 나는 곧바로 수면에 낚싯줄을 드리웠다.

살랑살랑살랑.

침묵.

'뭐야, 이 여자는?' 하는 뉘앙스가 담긴 시선이 나에게 쏟아졌다. 하지만 호기심이 강한 고블린들은 내가 무엇을 할 생각인지 지켜보기 위해서 공격하지 않았다.

직후.

반응이 있었다.

"좋아!"

난 기세 좋게 낚싯대를 잡아챘다.

"얏호, 월척이다!"

나는 물고기가 공중에 뜨는 타이밍을 살펴서 낚싯대를 쥔 손목을 살짝 꺾었다.

낚싯바늘이 공중에서 물고기 입에서 빠지더니 목적대로 고블린들의 눈앞에 떨어졌다.

말로 하기는 쉽지만 실제로 하기에는 매우 어려운 기술이다. 감탄하도록.

"붙잡아!"

나는 고블린어로 외쳤다.

"기익!"

"갸갸 구기익!"

"구!"

수고했어.

고블린들이 튀어 오른 물고기를 붙잡았을 때 나는 이미 두 마리째를 낚아 올리고 있었다. 물고기는 당연하다면 당연하지만 신날 정도로 계속해서 잡혔다.

열 마리 정도 낚아 올렸을 무렵엔 고블린들이 내 주위를 빙 둘러싼 채 울타리를 이루었다.

좋아, 걸려들었다.

"자."

나는 가까이 있던 한 고블린에게 낚싯대를 건넸다.

"기?"

"여기 잘 낚여. 한번 해볼래?"

"기이…?"

고블린은 고개를 갸웃거리면서도 낚싯대를 받아 들고 수면에 드리웠다.

바로 입질이 왔다.

"기기!"

동료들과 함께 기뻐하는 것을 곁눈으로 보며 우리는 그곳을 뒤로했다.

"근데 너 재미있는 기술을 쓰는구나."

가우리가 말했다.

그날 밤 우리는 겨우 다음 마을에 도착해서 알코올과 싸구려 담배 냄새 범벅인 여관 1층 식당에서 저녁을 먹고 있었다.

깜박.

눈 한 번 깜박.

그리고 왼손에 들고 있는 닭다리 한입.

요리 맛은 나쁘지 않았다.

우물우물우물… 그러니까….

꿀꺽.

깜박. 다시 눈 한 번 깜박. 오른손에 들고 있는 컵을 입으로 가져가서 레시스 주스 한 모금.

아.

그제야 짚이는 것이 있었다.

"아, 낮에 그 일 말이지?"

쿵.

가우리가 테이블에 머리를 박고 쓰러졌다.

딴청을 피우려 한 것은 아니다. 다만 낮에 가우리 앞에서 선보인 낚시 마법 같은 건 나에게 있어선 기술 축에도 들지 않았다.

정말이라니깐….

"간단한 마법이야. 그리 기술이 필요한 것도 아니고."

"호오."

가우리가 감탄했다는 듯한 소리를 냈다.

"그럼 너, 마법사였던 거야?"

쿠우웅!

이번엔 내가 요란하게 테이블에 머리를 박았다.

"이것 봐, 형씨!"

나는 가우리에게 달려들었다.

"지금까지 대체 날 뭘로 알았던 거야?! 내 차림새를 보면 알 수 있잖아!"

참고로 내 복장은 가우리를 만났을 때부터 똑같은 차림이다. 바지에 장화, 헐렁한 로브의 매무새를 정돈해 주는 굵은 벨트. 그리고 가죽 장갑, 머리띠. 마지막으로 큰 거북이의 등껍질을 얇게 깎아 만든 숄더 가드와 거기에 달려 있는 망토.

전부 검은색으로 각각 은실로 악센트를 겸한 마법 문자가 수놓아져 있다. 즉 이 복장 자체가 하나의 결계이자 부적인 것이다.

은팔찌와 목걸이, 그리고 허리에 찬 쇼트 소드에는 내가 만든 보석 애뮬릿이 박혀 있어서 찬연한 광채를 내뿜고 있다.

이 모습을 보고 식당이나 생선 가게 점원을 연상하는 녀석이 있다면 죽는 게 낫다.

"그러고 보니 그럴듯한 차림을 하고 있군. 난 생선 가게나 식당 점원인 줄 알았는데….."

우당탕!

나는 기세 좋게 수프 접시에 머리를 박았다. 아직 수프가 상당히 남아 있다는 사실을 깨달은 것은 그 직후였다.

"우와…, 농담이야, 농담. 하지만 너도 참 강렬하게 반응하는데…?"

"그러고 싶어서 그런 게 아니야."

나는 손수건으로 얼굴을 닦으면서 말했다.

"그런데 능력이 어느 정도인 거지? 파이어볼 정도는 쓸 수 있어? 그 차림으로 보건대 흑마법 계열 같은데."

마법은 크게 나누어 세 종류가 있다. 백마법과 흑마법, 그리고 땅, 물, 불, 바람의 네 가지 원소와 정신세계를 이용해서 펼치는 정령 마법.

내가 가장 자신 있는 분야는 흑마법.

그렇다곤 해도 오해는 하지 말기 바란다.

흑마법이라고 해도 이것은 다시 두 종류로 나뉜다.

사람을 저주하기 위한 마법과 정령 마법에 속하지 않는 공격용 마법. 내가 자신 있는 것은 후자 쪽이었다.

참고로 지금 가우리가 말한 파이어볼이라는 것은 정령 마법에 속한다. 일반적으로 공격 마법은 흑마법이라는 인식이 굳어져 있는데 그것은 큰 잘못이다.

"자신의 능력을 술술 털어놓는 마법사가 있을 것 같아?"

"아니, 넌 분위기에 잘 휩쓸리는 타입 같아서…."

너 말이야….

"뭐 좋아, 어차피 곧 네 능력을 보게 될 테니까."

어째서?

내가 그 질문을 입 밖에 내기도 전에 갑자기 여관 출입문이 박살 났다.

"저 계집애다!"

소리가 난 쪽으로 얼굴을 돌린 나는 그 목소리의 주인과 눈이 딱 마주치고 말았다.

이크.

똑바로 뻗어 있는 그의 오른손 검지는 정확히 나를 가리키고 있었다.

해당하는 방향에 나 말고 다른 사람이 한 명 더 있긴 했지만 유감스럽게도 가우리를 여자로 착각하기란 불가능했다.

돌연 난입한 것은 트롤의 무리였다. 그리고 그들을 조종하고 있는 미라 남자 하나… 아니, 자세히 보니 온몸을 붕대로 감고 있는 마법사로 보이는 남자.

"우흥, 사람 잘못 봤어요~."

나는 곧 두 주먹을 입가로 가져가 애교를 떨어 보였다.

이왕 가명까지 사용해 본다.

"전 소피아라고 해요. 분명 당신들이 찾는 사람과는…."

"시끄러워! 이름 따위 알 게 뭐야! 어쨌거나… 얼마 전에 도적의 보물 창고를 슬쩍한 녀석이 너 맞잖아!"

어머나.

"이봐, 이봐, 이봐…."

가우리가 날카로운 눈초리로 나를 노려보았다.

"뭐, 그건 나중에 설명할게. 지금은 일단 이 녀석들을…."

나는 그렇게 말하고 트롤 무리와 대치했다.

트롤은 인간보다 덩치가 매우 크고 그에 걸맞게 힘과 체력도 있었다. 그런데 큰 몸집에 비해 그 움직임은 민첩했다.

게다가 트롤의 최대 특징은 그 엄청난 재생 능력에 있었다. 어지간한 상처쯤은 눈 깜짝할 사이에 치료되고 만다.

해석 : 해치우려면 일격에 해치울 것.

말은 그렇게 했지만 강력한 공격 마법을 사용하면 식당 내부는 엉망이 될 테고 또 관계없는 사람까지 휘말릴 것이다.

"좋아. 알았어."

나는 의자를 박차고 일어섰다.

"결판을 내자. 밖으로 나와."

"싫어."

"아, 그러셔?"

나는 당황해서 다른 방법을 생각해 보았다.

"그때 슬쩍한 물건을 모두 되돌려준다면 봐주겠다만."

"농담하지 마. 남의 물건을 거저먹으려 하다니 뻔뻔한 데도 정도가 있어, 이 도둑 마법사야."

"너도 도둑 마법사잖아."

가우리가 옆에서 말꼬리를 잡았다.

"시끄러워! 나는 악당한테서만 훔치니까 괜찮아."

내가 생각해도 말이 안 되는 논리를 갖다 붙이고 전투 태세에 들어간다.

"쳐라!"

미라 남자의 신호로 트롤들이 일제히 움직였다. 동시에 나도.

트롤의 무기는 그 날카로운 손톱과 완력. 그리 상상하고 싶지는 않지만 아무리 내 옷에 보호 효과가 있다고 해도 저걸 제대로 맞았다간 내장까지 엉망이 될 것이고 목 정도는 한 방에 가볍게 부러지고 말 것이다.

하지만 질 생각은 털끝만큼도 없었다.

맨 처음 한 마리.

무턱대고 크게 휘두르는 일격을 피해 오른손을 트롤의 허리에 댄 채 빙글 반회전하여 다음 한 마리에게 다가간다.

그 트롤이 자세를 취하고 있을 때 가랑이 사이로 미끄러져 빠져

나가며 트롤의 다리를 붙잡는다. 쓰러지지는 않았지만 그 순간 균형을 잃었다.

그 틈에 나는 자세를 바로 하고 다음 한 마리를 노린다.

등 뒤로 살기가 느껴졌다.

다음 순간 다른 한 마리의 손톱이 내 망토를 뒤쪽에서 깊숙이 관통했다.

하지만 망토뿐이었다.

난 그보다 빨리 망토를 숄더 가드째 벗어 던졌던 것이다.

난 역시 대단해!

트롤은 그 기세를 이기지 못하고 망토를 뒤집어쓴 채 꼴사납게 바닥에 쓰러졌다. 나는 그 머리를 가볍게 손끝으로 찔러준다.

그리고 다음 목표로….

잠시 후.

나는 가우리에게 되돌아왔다.

"여, 어서 와."

"다녀왔어."

이 남자는 가련한 소녀가 혼자서 열심히 싸우고 있는데 아무것도 하지 않고 그저 물끄러미 쳐다보기만 했다. 괘씸하게….

트롤들의 숫자는 전혀 줄어들지 않은 상태였다. 쉽게 말해 아직 한 마리도 해치우지 못한 것이다.

"이 꼬맹이가, 미꾸라지처럼…."

어지간히 짜증 난 모양이다.

미라 남자가 안달하는 소리를 냈다.

"가우리, 트롤들에게 상처를 낼 수 있어?"

나는 날카롭게 말했다.

"상처를 내다니… 너, 트롤의 재생 능력을 모르는 거야?"

"알고 있어! 그러니까 어서 해!"

"아주 작은 상처라도 괜찮다면…."

"그래도 좋으니까!"

말하는 사이에도 트롤들은 서서히 거리를 좁히고 있었다.

"좋아, 알았어."

가우리는 주머니 속에서 오른손을 뺐다. 작은 나무 열매가 그 손바닥에 올라와 있는 것이 얼핏 보였다. 다람쥐 따위가 즐겨 먹는 그 단단하고 작은 것 말이다.

다음 순간 그의 손이 움직인 것처럼 보였다.

"기긱!"

"가우!"

어느 녀석은 팔을, 어느 녀석은 옆구리를, 또 어느 녀석은 이마를 감싸 쥐고 작게 신음했다.

멋진 솜씨였다. 그가 손끝으로 튕겨낸 작은 나무 열매는 트롤들의 단단한 피부를 꿰뚫고 근육 속까지 파고들었다.

인간을 상대로 한다면 이거 몇 방이면 죽음에 이르게 할 수 있을 만큼 위력도 충분했다.

"재미있는 기술을 쓰는군, 애송이. 하지만 그런 걸로 트롤을 이길 수 있을 거라고⋯."

미라 남자의 말은 거기서 중단되었다.

그의 말을 가로막은 것은 트롤들이 지른 비명이었다.

가우리가 입힌 작은 상처가 점차 커지고 있었다.

"뭐⋯ 뭐야, 이건! 대체 무슨 짓을⋯."

당황하는 미라 남자. 가우리도 그저 멍하니 그 광경을 지켜보고 있었다.

상처는 끝없이 사방으로 번져 어느 녀석은 동체가 절단되었고 또 어떤 녀석은 몸이 두 동강 났다. 끝에 가선 반수 이상이 단순한 고기 조각으로 변했다.

내가 한 짓이긴 하지만 빈말이라도 기분 좋은 광경이라곤 하기 어려웠다.

우웅, 저녁 먹기 전이 아니어서 다행이야.

남은 상대는 트롤 네 마리와 미라 남자.

하지만 그 대부분은 전의를 상실하고 있었다.

방금 내가 쓴 영문을 알 수 없는 기술에 공포를 느꼈던 것이다.

'미지의 존재에 대한 공포' 말이다.

하지만 그 이유를 살펴보면 그다지 놀랄 만한 것도 아니었다.

방금 트롤들과 접촉했을 때 난 어떤 술법을 그들에게 걸었다.
뭐, 백마법에 있는 '리커버리(치유)' 마법을 역전시켜 건 것이라고 생각하면 된다.

'리커버리' 마법은 그 개체가 지닌 육체적, 영적인 회복 능력을 극한 가까이 빠르게 하여 상처의 회복을 촉진하는 마법이다. 내가 한 것은 그 반대, 즉 누구나 가지고 있는 '상처를 치유하려고 하는 힘'의 흐름을 역전시킨 것이었다. 그것도 극한에 가깝게 빨리.

당연히 트롤처럼 '재생 능력이 큰' 녀석은 그 힘의 흐름도 컸다. 그 힘이 역류, 증폭되어 아주 작은 상처만으로도 육체를 파멸에 이르게 만들었다.

참고로 이것 역시 나만의 오리지널 마법이다. 거의 사술(邪術)에 가깝기에 지금까지 실전에 쓴 적은 없었지만 상대를 겁먹게 하기에는 충분할 거라 생각해서 이번에 써보았다. 하지만 다시는 쓰지 말도록 하자. 시연자가 악몽을 꿀 만한 술법은 결코 써서는 안 되는 법.

난 놈들이 당황해서 도망칠 거라 생각했지만 무모한 녀석이 한 마리 있었다.

그 녀석은 용감하게도 나를 목표로 돌진해 왔다.

나는 허리의 쇼트 소드를 뽑아 들고 입 속으로 주문을 외우면서 트롤을 향해 몸을 날렸다.

민첩성 면에선 내가 유리했다.

손톱과 칼에서 두세 번 불꽃이 튀었고 한순간 트롤에게 허점이 생겼다.

"지금이다!"

내 검이 깊숙이 트롤의 옆구리에 꽂혔다.

씩, 하고 트롤이 작게 웃었다.

걸렸다.

그런 웃음이었다.

이것이 녀석의 목적이었던 것이다.

기술로는 당해낼 수 없다고 판단하고 일부러 빈틈을 만들어서 자신을 찌르게 한 후 이쪽의 움직임이 멈춘 그 순간을 노려 결판을 낸다.

엄청난 재생 능력이 있기에 가능한, 말 그대로 몸을 내던지는 전법이었다.

녀석이 자신의 승리를 확신한 그 순간.

내가 승부에 결판을 냈다.

"천둥이여!"

모노볼트[雲擊]의 주문은 나의 검을 매개로 하여 트롤의 몸속에서 작렬했다.

제아무리 트롤이라도 이것에는 당해낼 수 없었다.

움찔하고 크게 부르르 떨더니 비명도 지르지 못한 채 절명했다.

"재미있는 전술이긴 했지만 유감스럽게도 내가 한 수 위였던 것 같아."

쿠… 웅.

묵직한 소리를 내며 트롤이 바닥에 쓰러졌다.

나는 남은 녀석들에게 쐐기를 박았다.

"자, 그럼 슬슬 전력을 다해보실까."

나는 손바닥을 가슴 앞에 모으고 주문을 외우면서 천천히 손을 좌우로 벌렸다.

눈부신 빛의 구슬이 그곳에 나타났다. 푸르스름하게 빛나는 그
것은 양손이 벌어짐에 따라 점점 그 크기를 증폭해 갔다.

"파이어볼이다!"

미라 남자가 눈을 크게 치떴다.

"후퇴해라, 후퇴!"

그는 필사적으로 외치며 남은 트롤들과 함께 서둘러 달아났다.

후우….

나는 양손으로 빛의 구슬을 안은 채 크게 한숨을 내쉬었다.

"'후우'가 아냐! 이제 어떻게 할 거야, 그 파이어볼!"

주춤주춤 물러서면서 가우리가 말했다. 가우리도 파이어볼의
무서움 정도는 알고 있는 모양이다.

파이어볼은 비교적 흔한 '불'의 공격 마법인데 술자가 만들어
낸 빛의 구슬을 집어 던지면 착탄과 동시에 폭발하여 주위에 화염
을 일으키는, 이른바 집단 살상용 마법이다.

사용자의 기량에 따라 그 파괴력이 달라지지만, 상대가 인간이
라면 한순간에 레어 정도로 구워버릴 수 있다.

"흠…."

난 말없이 손안의 그것을 바라본 후 빛의 구슬을 천천히 공중으
로 띄워 올렸다.

""우왓!""

전원이 비명을 질렀다. 그리고 침묵.

가우리가 주뼛주뼛 고개를 들었다.

"파이어볼이 아니야."

난 장난스럽게 미소 짓고는 천장 부근에 둥실 뜬 채 밝은 빛을 내뿜는 구슬을 가리켰다.

"단순한 '라이팅'이었어."

"어떻게 할 겁니까, 이 꼴을!"

이미 예상한 대로 여관 주인이 따지고 들었다.

으음, 무리도 아니지.

테이블과 의자는 엉망이었고, 트롤의 시체는 여기저기 뒹굴고 있었으며, 엄청난 피 냄새가 코를 찌르는 등….

방금 파이어볼로 착각하게 할 속셈으로 만든 라이팅. 그것은 완전한 실수였다.

그때까지 램프의 어두컴컴한 빛에 가려져 있던 트롤의 갈기갈기 난도질된 시체… 아니, 고기 조각이 지금 환한 빛을 내뿜는 빛의 구슬에 의해 명확하고 뚜렷하게 드러났던 것이다.

우와… 정말 잔인해. 더할 나위 없이 끔찍하다.

정육점 아들이나 마차에 갈린 동물의 사체를 본 적 있는 사람이라면 이 기분 나쁜 느낌의 몇 분의 일 정도는 상상할 수 있을 것이다.

뭐 그런 이유로 여관 안은 '다 함께 즐거운 식사'를 할 수 있는 분위기와는 멀어지고 말았다.

참고로 말하면 손님의 절반 이상은 참지 못하고 이미 다른 여관으로 옮긴 후였다.

이런 상황에서도 싱글벙글할 수 있다면 여관 주인 따위 관두고 성자나 신선을 하는 편이 좋을 것이다.

그렇긴 해도 언제까지나 잔소리를 듣고 있을 생각은 없었다.

나는 최대한 반성하는 표정을 지었다. 마법 다음으로 자신 있는 '애교 작전'이다.

"폐를 끼치긴 했어요. 하지만…."

그렇게 말한 다음 고개를 들고 주인의 눈을 똑바로 바라본다. 그리고 등 뒤로 장갑을 벗으며 조금 비음 섞인 목소리로 말한다.

"저렇게 하지 않았으면 우리가 죽었을 거예요."

좋아!

생각대로 주인은 기세를 누그러뜨리며 난처한 표정을 지었다.

"저기…."

그리고 품에서 작은 보석을 셋 정도 꺼낸다. 하지만 주먹을 쥔 채 손안의 내용물은 보여주지 않는다.

"이것은… 사과의 표시인데요."

왼손으로 주인의 오른손을 잡고 그 손바닥에 오른손 안의 물건을 쥐여준다.

내용물은 아직 보여주지 않는다. 하지만 손바닥의 감촉으로 그것이 무엇인지 대충 눈치는 챌 것이다.

이때 시선을 결코 상대에게서 떼지 말 것!

물끄러미 자신을 바라보는 가련한 소녀. 손바닥을 감싸는 촉촉하고 따뜻한(방금 장갑을 벗었기 때문이지만) 두 손.

어떤 기분이 들지는 미루어 짐작할 수 있다.

나는 말을 이었다.

"사실 이런 것으로 사과를 하는 것은 결례라고 생각하지만, 제가 할 수 있는 것은 이 정도뿐이라서…."

그렇게 말하고 잡고 있는 손을 천천히 거둔다.

주인은 자신의 손 위로 힐끔 시선을 돌려서 거기에 자신이 예상했던 물건이 있는 것을 확인하고 주먹을 쥐었다.

"뭐… 그렇게까지 말하니 심하게 질책할 순 없군. 그럼 여기는 사람들을 고용해서 치울 테니까 당신들은 방으로 돌아가게."

얏호!

나는 조신하게 몇 번이나 고개를 숙이면서 가우리와 함께 방으로 돌아갔다.

가우리는 야단맞지 않았다. 어디까지나 주모자는 나로 되어 있는 것 같다. 뭐, 아니라고 할 수는 없지만.

여관에서 소동을 일으킨 경우, 때에 따라선 나가라는 말을 들을 때도 있지만 대개는 이런 식으로 결말이 난다. 아마도 보석을 건넨 시점에서 '이 손님은 돈이 된다'라고 생각하기 때문일 것이다. 괜히 물고 늘어져 봤자 소용이 없다.

"하지만 너도 참 대단한 녀석이야."

침대에 앉아 있는 내 옆에서 가우리가 말했다. 그것이 연기라는 걸 간파하다니 꽤나 날카로운데.

"무슨 소리?"

나는 시치미를 뗐다.

…….

음?

"잠깐, 가우리. 어째서 내 방에 있는 거야!"

"나중에 사정을 설명해 준다고 했잖아?"

"그랬었나?"

"그랬어."

뭐, 좋아.

나도 가우리에게 묻고 싶은 것이 있었다.

"좋아, 설명해 줄게. 하지만 그 전에 내 질문에 대답하도록 해."

"좋아. 뭔데? 꼬맹아."

"그 '꼬맹이'라는 소리는… 뭐, 좋아. 앉아."

가우리는 가까이 있는 의자에 앉았다. 나와 딱 마주 보는 위치
였다.

"앉았어."

"그럼 묻겠는데….."

나는 물끄러미 그를 바라보았다.

"너, 날 어떻게 생각해?"

경직!

오, 이거 재미있는데? 하지만 이대로 굳은 채 둘 수는 없지.

"농담이야, 농담."

그렇게 말하자 가우리는 크게 한숨을 쉬었다.

"재미없는 농담은 하지 말아줘. 죽는 줄 알았어."

"무슨 의미야?"

"별 뜻 아냐. 그런데 진짜 질문이 뭐지? 아, 미리 말해두지만 내 스리 사이즈는 비밀이야."

그런 기분 나쁜 농담을.

"바보. 여하튼 진지하게 묻는데, 어떻게 그 녀석들이 날 노리고 있다는 걸 알았지?"

"그런 건 몰랐어."

가우리는 태연하게 대답했다.

"네가 말했잖아, 녀석들이 여관에 들어오기 전에 '어차피 곧 내 능력을 보게 될 테니까'라고."

"아… 그것 말이야?"

그는 별것 아니라는 듯 말했다.

"살기가 여관 근처를 둘러싸고 있었거든. 그렇다는 건 여관 안에 있는 누군가를 노리고 있다는 뜻이겠지. 강도라면 좀 더 늦은 시간에 나타날 테니까."

"그럼 어째서 그 누군가가 나라고 생각한 거지? 설마 너도 녀석들의…."

"끝까지 들어. 노리는 것이 누가 되었든 넌 반드시 참견할 거라 생각했기 때문이야. 넌 사람 좋은 성격인 것 같고, 무엇보다 여기저기 끼어드는 것을 좋아하는 것 같으니까."

으.

나는 아무 말도 할 수 없었다.

정곡이었다.

사람이 좋은지 어떤지 판단은 다른 사람에게 맡긴다고 해도, 그가 말한 대로 난 여기저기 끼어들기를 좋아한다.

그러고 보니 고향이 있는 언니한테도 같은 말을 들은 기억이 있었다.

"뭐, 그렇게 된 거야. 대충 앞뒤는 맞지?"

"그렇긴 해."

"그럼 다른 질문은?"

"없어."

"그럼 슬슬 설명해줘. 네가 무슨 짓을 했고 왜 녀석들에게 쫓기고 있는지."

후우….

나는 한숨을 쉬었다.

"알았어. 이야기할게."

난 지금까지의 경위를 간략하게 이야기했다.

도적들에게 괴롭힘을 당하는 마을 사람들을 보다 못해 도적 퇴치에 나서서 훔친 물건을 되찾아 주었는데, 그때 아주 조금이지만 수수료 대신 도적들의 물건을 슬쩍했다는 것. 그것을 아직까지 녀석들이 노리는 모양이라는 것.

뭐…? '돈도 없고 따분해서' 습격한 게 아니었냐고?

…쉿.

그건 비밀이야!

거짓말도 하나의 방편. 무슨 일에든 연출과 각색은 필요한 법이다. 내가 대충 이야기를 끝마치자 그는 크게 고개를 끄덕였다.

"흠… '곤경에 처한 마을 사람들을 돕기 위해'라는 부분은 둘째 치고 대충의 자초지종은 알았어."

뜨끔.

꽤 날카롭다.

"뭐, 하지만 이제 나도 알 것 같아."

난 당황해서 화제를 바꾸었다.

"뭘?"

가우리가 흥미를 가졌다. 흥미를 갖게 한 것이 아니다. 그쪽에서 흥미를 가진 것이다, 아마도.

"놈들의 소굴을 습격했을 때 난 얼굴을 보이지 않았어. 그런데도 녀석들은 정확히 날 뒤쫓아 왔거든.

이상하다고는 생각했지만 아니나 다를까, 마법사가 함께 있었지."

"아까 그 붕대 남자 말이야?"

"그래. 내가 기습했을 때 다쳐서 오늘까지 쉬고 있었던 모양이야."

"마법으로 장소를 알아낸 건가?"

"그렇겠지."

"흐음… 뭐든 할 수 있구나, 마법으론."

"뭐든 할 수 있는 건 아니야. 마법에도 할 수 있는 것과 없는 것이 있어. 예를 들면 이번 일도 아마 그 미라 남자가 내가 슬쩍한 물건 중 어느 것, 혹은 전부에 표시가 될 만한 마법을 걸어두었을 거야. 그래서 그것을 참고로 내 위치를 알아낸 거지.

아무리 솜씨 좋은 마법사라도 아무런 실마리도 없이 상대의 위치를 알아내기란 불가능해."

"그런 거였나?"

잘 모르겠다는 표정으로 가우리가 말했다.

"그런 거야. 자, 다른 질문은?"

"없습니다, 선생님."

"좋아. 그럼 이걸로 오늘의…."

강의는 끝입니다.

그렇게 말하려고 했을 때.

누군가가 문을 노크했다.

두 사람은 동시에 움직였다.

문 양쪽에 달라붙은 다음 가우리가 문손잡이를 잡았다.

"누구지?"

내가 물었다.

"너하고 거래를 하고 싶다. 네가 가지고 있는 물건 중 하나를 그

쪽이 제시하는 가격으로 인수하도록 하지."

문밖에 있는 누군가가 대답했다.

"수상한데?"

"당연하지, 말하고 있는 나도 이상하다고 생각하니까. 보통 사람이라면 이런 경우 방 안에 들이지 않는 게 정상이겠지."

이봐, 이봐.

"그럼 그 충고에 따라 방 안에 들이지 않을게."

"아, 잠깐 기다려. 분명 수상쩍은 건 사실이지만, 일단 지금은 너에게 위해를 가할 생각은 없으니까."

뭐야, 그게?

"방 안에 들어온 순간 마음이 바뀌는 것은 아니겠지?"

"걱정 마… 라고 말하는 것이 무리일지도 모르겠지만 그쪽에는 믿음직한 보디가드도 있잖아."

우리는 얼굴을 마주 보았다.

"말해두지만, 이상한 짓을 하려고 하면 있는 대로 공격 마법을 날릴 거야."

"이봐, 방에 들일 생각이야?"

가우리가 당황스러워했다.

"괜찮아, 믿음직한 보디가드도 있으니까."

장난스럽게 말하고 윙크를 한 번. 그다음 난 문 옆에서 떨어져서 방 안쪽으로 이동했다.

"지금 문을 열 테니까 조용히 들어와. 됐어, 가우리. 문을 열어

줘."

　잠깐 망설인 후 가우리는 천천히 문을 열었다.

　그곳에 녀석이 있었다.

2. 악당은 잊지 않고 찾아온다

확실히 남자는 수상한 복장이긴 했다.

전신을 하얀 망토와 하얀 로브, 하얀 두건으로 완전히 감싼 채 눈 주위만을 드러내고 있었다.

그리고 한 사람이 더 있었다.

"호오….."

저절로 표정이 변했다.

아까 트롤들을 이끌고 습격해 왔던 그 미라 남자였다.

두 사람은 느릿느릿 방 안으로 들어왔다.

미라 남자 쪽은 조금 다리를 절고 있었다.

가우리가 손만 뒤로 돌려 문을 닫았다.

미라 남자는 흠칫 뒤를 돌아보았다.

흰 로브 차림의 남자는 전혀 움직이지 않았다.

방 중앙에 멈춰 선 두 사람을 나와 가우리가 포위한 형태가 되었다.

"이 미라 남자와 아는 사이야?"

"미…..."

미라 남자가 거친 숨을 몰아쉬었다. 덤벼들려고 하자 흰 로브의 남자가 제지한다.

"아까는 정중하게 인사를 하던데."

"미안하군. 이 녀석은 졸프라고 하는데, 책임감은 강하지만 그만큼 행동이 앞서는 때가 많아서 말이지. 뭐, 용서해주라고."

"뭐 좋아, 그만큼 가격에 반영하면 되니까."

말하면서 나는 그제야 비로소 눈앞에 있는 하얀 로브의 남자가 인간이 아니라는 사실을 알았다.

방의 불빛은 싸구려 램프뿐이었기에 지금까지 눈치채지 못했다. 하지만 두건 틈새로 엿보이는 눈 주위의 피부가 돌이나 그 비슷한 딱딱한 물체인 듯했다.

만져본 것은 아니므로 단정할 순 없지만, 겉보기로 판단하건대 틀림없을 것이다.

순간 골렘인가 생각도 했지만 아무래도 그렇지는 않은 듯했다. 사람에게 봉사하도록 만들어진 골렘과는 달리 이 남자의 눈동자에는 '자기' 자신을 주장하는 의지의 빛이 엿보였다.

"장삿속이 밝군. 뭐 좋아, 거래에 들어가도록 하지."

"물건을 사겠다고?"

"그래. 네가 얼마 전에 도적들의 소굴에서 가져온 것 중 하나다."

"그런데 뭐지? 그 물건이라는 게."

"그건 말할 수 없어."

나는 눈살을 찌푸렸다.

"말 못 해?"

"그래, 말 못 해."

"그럼 거래하려고 해도 방법이 없잖아."

"아, 기다려. 처음부터 '이걸 원한다'라고 말하면 터무니없이 비싼 값을 부를지도 모르고, 너 역시 호기심이 발동하여 팔기 싫다고 할지도 모르잖아? 그래서 그래. 그때 손에 넣은 물건을 각각 얼마에 팔지 가격을 매겨줘. 그러면 이쪽이 원하는 물건을 말하고 가격을 치를 테니까."

"그건 그래. 하지만 넌 도적과 한패는 아닌 것 같은데…?"

"난 그 '물건'을 찾고 있었어."

흰색 로브의 남자가 말했다.

"여기 졸프를 비롯한 부하들을 여기저기 몇 명씩 풀어서 말이지. 이 녀석은 도적들 무리에 잠입해서 어느 날 우연히 그것을 발견했어. 그래서 도적들에게 훔치게 한 다음 기회를 보아 가지고 나오려고 했는데 그때…."

"내가 끼어든 거구나."

"그렇게 된 거지."

"하지만… 도적들을 이용해서 물건을 입수한 다음 가지고 도망치려 하다니 치사해."

"남 말 할 입장이 아닐 텐데?"

어험.

"뭐, 어쨌거나 대충 사정은 알았어. 그럼 당장 거래에 들어갈게.

물건은 동상과 검, 그리고 오래된 주화가 조금 있어.

아, 보석은 뺄게. 누가 보더라도 단순한 걸 부르는 값에 살 사람도 없겠지만."

흰색 로브의 남자는 작게 고개를 끄덕였다.

"음, 그러니까 일단 검이⋯."

나는 잇따라 가격을 매겼다.

흰색 로브의 남자는 흠칫하며 몇 발짝 물러섰고 미라 남자는 눈을 휘둥그레 떴다. 가우리는 바보처럼 크게 입을 벌렸다.

나 원 참, 남자들이 이렇게 통이 작아서야.

부르는 가격에 산다고 했으니까 시가의 백 배 정도는 기분 좋게 치러야 할 것 아냐!

⋯그런데 방금 깨달았는데 잘 생각해 보니 어느 것이든 성을 통째로 살 수 있을 가격이네.

놀라는 게 당연한가, 하하하.

"시가 두세 배 정도는 각오하고 있었지만⋯."

쥐어짜는 듯한 목소리로 흰색 로브의 남자가 말했다.

"잘 생각해 보니 터무니없는 가격인 것 같아. 시가의 백 배 이상이라니. 아하, 아하하하."

"웃을 때가 아니야."

흰색 로브의 남자가 완전히 지친 기색으로 말했다.

"그래, 지금 그건 너무 심하니까. 그럼 방금 말한 가격의 설반으로 줄게."

"절반?!"

"이… 이 꼬마가 오냐오냐하니까 기어오르고 있어!"

"가만있어, 졸프."

꼬마…?!

울컥.

'아아, 나도 참 성미가 불같은 것 같아.'

"분할 상환이나 후불제 같은 건… 안 되겠지? 역시."

"말도 안 되지. 파이어볼과 라이팅도 구별 못 하는 삼류 마법사한테 어린애 취급을 받았는데, 어떻게 그런 바보 같은 조건까지 받아들이라는 거야?"

"뭐… 뭐라고?!"

그제야 미라 남자는 아까 그 파이어볼이 가짜라는 것을 눈치챈 듯했다.

"어린애한테 어린애라고 하지 그럼 뭐라고 하냐! 애초에…."

"졸프, 닥치라고 했지!"

흰색 로브의 질책에 미라 남자는 움찔 몸을 떨었다.

"그럼 이게 마지막 제안인데, 나한테 협력하지 않겠어? 1년, 아니 반년 후에는 네가 처음 제시한 금액의 두 배, 아니 세 배라도 지불해 주지."

"흠…."

나는 팔짱을 끼었다.

"어지간히 가지고 싶은 모양이네. 그럼 이 제안을 거절하면 자동적으로 너와 나는 적이 되는 셈이구나."

"……."

흰색 로브의 남자는 한쪽 눈썹을 실룩일 뿐 대답하지 않았다.

"나로선 가능한 한 너 같은 타입과 엮이는 것은 피하고 싶어. 어째서냐고 물어보면 대답하기 어렵지만 굳이 말하자면 여자의 직감이랄까?"

"흠….'

"그리고 이것도 그 '직감'인데 너 같은 타입과는 죽어도 손잡고 싶지 않아."

졸프는 몸을 내밀고 나에게 뭐라 말하려고 했지만 결국 그만두었다.

나와 흰색 로브 사이에 소용돌이치는 살기를 깨닫고 겁을 먹은 것이다.

하지만 이 '기'의 힘. 역시 보통내기는 아닌 듯했다.

눈싸움이 계속된 것은 몇 초 동안이었다.

물러난 것은 흰색 로브 쪽이었다.

그는 크게 한숨을 쉬었다.

"교섭 결렬인가. 뭐, 어쩔 수 없지."

"정말 유감이야."

"약속이니까 오늘은 조용히 물러나지.

하지만 그것은 힘으로라도 반드시 빼앗고 말겠어. 내일 아침 네가 이 여관을 떠나는 순간부터 너와 나는 적이다."

나는 작게 고개를 끄덕였다.

남자가 빙글 등을 돌렸다.

"가자, 졸프."

"하… 하지만…."

남자는 개의치 않고 문을 향해 걸어갔다.

가우리가 때맞춰 문을 열어주었다.

졸프는 잠시 망설인 후 황급히 흰색 로브 남자의 뒤를 따랐다.

"아 참."

흰색 로브의 남자는 문을 나서려다 말고 돌아보지 않은 채 말했다.

"내 이름은 제르가디스라고 한다."

"기억해둘게."

가우리가 쾅 소리를 내며 문을 닫았다.

"간 것 같군."

조금 후에 가우리가 말했다.

"그런데 왜 그렇게 말도 안 되는 가격을 제시한 거지?"

"그럼 내가 그 녀석에게 적절한 가격으로 그 '물건'을 팔았다면 넌 날 칭찬했겠어?"

가우리는 쓴웃음을 짓더니 고개를 좌우로 저었다.

"아…, 날씨 좋다."

나는 땅에 주저앉은 채 맑고 푸른 하늘을 멍하니 올려다보았다.

따끈따끈.

햇살이 따뜻하다.

울창한 삼림을 가로지르는 형상으로 뻗어 있는 길이지만 이 근처는 비교적 장소가 트여 있어서 꽤 널따란 벌판이 보였다.

날씨는 좋고 하늘은 푸르다.

작은 새는 지저귀고 주변 공기에는… 피 냄새가 충만하다.

"정말 좋은 날씨야."

"저기 말이야, 리나."

얼마나 숨이 찬지 어깨를 들썩이며 가우리가 말했다.

그도 역시 땅에 주저앉아 있었다.

"나한테만 싸우게 하고… 혼자서 여유 부리는 게 어딨어."

나는 가우리의 뒤에 나뒹굴고 있는 수북한 버서커(광전사)들의 시체를 바라보았다.

"아하, 미안미안. 하지만 나도 쬐끔은 싸웠잖아."

"처음에만… 아주 쬐끔 말이지. 공격 마법 하나라도 써주면 오죽이나 좋아? 좀 싸우다 말고 '뒤는 맡길게' 하고 가버리다니…."

"그런 일이 있었던 것 같기도…."

"그런 말이 어디 있어! 영차…."

그는 검을 지팡이 삼아 비틀거리면서 일어섰다.

"좀 더 쉬지 그래?"

내 말에 가우리는 고개를 좌우로 저었다.

"날이 저물기 전에 다음 마을에 도착하지 않으면 놈들의 제물이 되고 만다고. 그만 가자."

무리도 아니지만 내가 구경만 하고 있었던 것이 마음에 들지 않았던 모양이다. 게다가 피곤하기까지 해서 꽤 화가 난 듯했다.

"……."

"리나."

가우리는 딸을 꾸중하는 아버지 같은 말투로 부르더니 의외로 힘찬 발걸음으로 다가왔다.

"우웅, 조금만 더 쉴게. 따뜻하니까 너무 기분 좋아서…."

"적당히 좀 해!"

그는 호통을 치며 망토 위로 내 오른손을 덥석 붙잡고 갑자기 끌어 올렸다.

안 돼!

"아욱!"

나는 참지 못하고 신음했다.

"어…?"

가우리가 손을 놓았다.

나는 이마를 땅에 대는 모습으로 몸을 기역 자로 구부렸다.

부끄러운 이야기지만 사실 난 아픔에 대한 내성이 별로 없다.

그래서 중단된 회복 주문을 입 속으로 작게 중얼거리며 상처에 댄 오른손 손바닥에 '힘'을 집중했다.

조금씩이긴 하지만 아픔이 잦아들었다.

여느 때라면 이 정도의 상처는 일찍 치료할 수 있었지만 이번엔 왠지 시간이 많이 걸렸다. 이건 어쩌면….

"리나…?"

"응…?"

나는 최대한 평정을 가장하며 얼굴을 들었다. 물론 이 정도로 얼버무릴 수 없겠지만.

"다친… 거야?"

나는 작게 미소 지어 보였다. 꽤 약해 보이는 미소로….

"아까 좀 과식한 것 같아."

가우리는 정면으로 오더니 내 앞에 마주 앉았다.

"왜 그래?"

나는 물끄러미 그의 얼굴을 바라보았다. 가우리 역시 내 얼굴을 물끄러미 쳐다보았다.

"윽!"

갑작스러운 통증에 난 다시 신음했다.

가우리가 별안간 망토 밑으로 찔러 넣은 손이 하필이면 다친… 오른쪽 옆구리에 닿았던 것이다.

내 목소리에 당황해서 가우리는 손을 뺐다.

"너…."

그의 목소리가 떨렸다.

"피투성이잖아."

"괜찮아…."

나는 오기를 부렸다. 하지만 거짓말은 아니었다. 통증은 조금씩

이긴 하지만 잦아들고 있었다.

"괜찮다니, 너…."

"괜찮다니깐. 방금 치료 마법을 걸었으니까… 좀만 더 있으면 싹 나을 거야."

"하지만…."

"그 '괜찮아? 괜찮아?' 하는 말이 듣기 싫어서 '여유'를 부렸던 거야, 난."

"미안…."

"괜찮아. 좀만 더 있으면 회복되니까 그때까지 너도 앉아서 쉬지 그래?"

"아… 그렇게."

가우리는 내 앞에 얌전히 앉아 걱정스럽다는 눈으로 날 물끄러미 바라보았다.

걱정해 주는 것은 기뻤지만 그런 눈으로 보는 것은 아무래도 싫었다.

"처음 싸울 때 당했나 보지…?"

가우리가 물었다.

"너무 얕봤어."

"회복만으로도 버거웠던 거군. 미안해, 오해해서….."

"괜찮다니깐….."

가우리는 말문을 닫았다.

시간과 바람만이 흘러갔다.

"놈들이 노리는 물건 말인데…."

잠시 후 침묵을 깨뜨린 것은 내 쪽이었다.

"어젯밤 혼자 있을 때 이것저것 조사해 봤어."

"조사?"

"그래. 어제 말했잖아. 그 미라 남자가 '무언가'에 표식이 될 만한 마법을 걸어놨을 거라고."

"알아냈어?"

나는 고개를 좌우로 저었다.

"그때 입수한 것은 오리할콘제의 신상과 마법으로 연마한 나이프, 그리고 마니아한테 보여주면 좋아할 만한 금화 여러 개였어. 그런데 그 어느 것에도 표식이 될 만한 마법은 걸려 있지 않았어."

"그럼…."

"금화는 일단 제외야. 표시할 만한 방법이 없거든. 그러면 남은 것은 나이프와 동상인데…."

"다쳤는데 이렇게 말을 많이 해도 괜찮겠어?"

"뭐? 응. 괜찮아. 이제 거의 다 나았으니까."

"거의…라니…."

"괜찮다니깐. 그래서 남은 두 개인데, 나이프에는 예리함을 향상시키기 위한 마법이 걸려 있어. 그다지 좋은 성질은 아니지만 그것을 표식으로 삼으려면 가능해. 그리고 신상에는 오리할콘이라는 금속 자체가 마법을 어느 정도 봉인하는 힘이 있어."

"그래선 표식이 되지 않겠군."

"하지만 표식이 될 수 있어. 아스트랄 플레인에서 탐색을 하면 이 금속이 있는 방향으로 향하는 정신파가… 내가 하는 말 알겠어?"

"하나도."

"어쨌거나 그것을 표식으로 하는 것도 가능해."

"그럼 어쨌거나 목표물이 되는 것은 그중 하나인 셈이군. 하지만 그것들이 놈들이 그렇게까지 손에 넣고 싶어 할 만한 물건이야?"

"그 점이야, 내가 고민하는 것은. 오리할콘은 돈보다 훨씬 귀하고 나이프의 세공도 우수하긴 해. 하지만 그렇게까지 손에 넣고 싶어 한다는 것은…."

"녀석들은 '반년 만에 세 배'라고 말했는데, 그렇다는 건 당연히 녀석들한테 그 이상의 가치가 있는 물건이라는 뜻이겠지. 예를 들면 엄청난 보물이 있는 곳을 가리키는 장소가 숨겨져 있다든지."

마치 동화에서나 나올 법한 이야기였지만 불가능한 말만은 아니었다.

"어쩌면 무슨 '열쇠'일지도 모르지."

나는 그렇게 말했다.

"열쇠?"

가우리가 의아한 표정을 지었다.

"마법의 응용으로 그런 것도 가능해. 마술 도시에 사는 어느 귀족의 집에도 그런 장치가 있다고 들은 적이 있어. 가령 뜰 어딘가에 있는 샘에 젊은 여인이 들어가면 보물 창고의 문이 열린다든지. 이 경우 '젊은 여인'이라는 것이 열쇠가 되는 셈이지."

"그럼 '열쇠' 자체는 아무런 마력을 갖지 않아도 되는 셈이네?"

"그런 셈이야."

"그러니까 그 동상이나 나이프 중 하나를 어딘가에서 어떻게 하면…."

"무언가가 어떻게 될지도 모른다는 말이 되겠지."

"결국 하나도 도움이 안 되는 이야기잖아."

"단서가 너무 적으니 말이야. 영차…."

그제야 나는 일어섰다. 아직 다리에 힘이 잘 들어가지 않았지만 걷지 못할 정도는 아니었다.

"이봐, 이봐."

"이제 괜찮아. 좀 지쳤지만 뭐, 그것만은 어떻게 할 수 없으니."

가우리는 못 말리겠군, 하는 표정으로 일어나더니….

"꺄아!"

갑자기 날 안아 들었다.

나는 나도 모르게 소리를 지르고 말았다.

"자… 잠깐! 무슨 짓이야?!"

얼굴이 빨개졌다.

"잠시 안아서 옮겨줄게. 아직 걷는 게 힘들 테니까."

"괜찮다니깐! 그리고 너도 지쳤잖아."

"할머니의 유언이야. 여자와 어린애한테는 잘해주랬어."

그렇게 말하고 가우리는 윙크를 했다.

발소리가 났다.

착각이 아니었다.

내가 여관에서 잠자리에 든 지 얼마 지나지 않아서의 일이었다.

피곤하긴 했지만 이것저것 생각할 것이 많아서 좀처럼 잠들지 못했다.

아무래도 그 덕을 보는 듯하다.

늦게까지 술을 마시던 아저씨가 자리를 털고 자신의 방으로 돌아가는… 그런 부류의 발소리가 아니었다. 여러 사람이 최대한 발소리를 죽이고 걷고 있는… 그런 소리였다.

나는 침대에서 몸을 일으켰다.

그 소리의 주인이 나를 노리고 있다고 단정할 순 없다.

하지만 이 경우 그럴 가능성이 컸고, 또 조심해서 나쁠 것은 없었다.

발소리는 조금씩 다가왔다.

나는 침대맡에 걸어둔 망토를 입었다. 이럴 때를 위해 망토만 벗은 차림으로 자고 있었다.

나는 조용히 움직였다.

얼마 후 발소리는 내 방 앞에서 딱 멈추었다.

예상대로였다.

돌연 방문이 쾅 열렸다.

사람 그림자 몇 개가 방 안으로 달려들었다.

하지만 자고 있어야 할 내 모습이 침대 위에 없다는 것을 알고 그들은 당황했다.

"어디냐!"

한 사람이 외쳤다.

"여기야."

…라고 말하고 싶었지만 역시 관두기로 했다.

대신 그들의 뒤쪽에서 불쑥 등장했다.

그다지 멋진 이야기는 아니지만 지금까지 문 옆에 앉아 있었던 것이다.

하지만 그저 앉아 있기만 한 것은 아니었다.

할 일은 하고 있었다.

주문의 영창은 끝난 뒤였다.

나는 가슴 앞에 모은 양손을 좌우로 벌렸다.

그 사이의 공간에 영롱한 빛의 구슬이 나타났다.

라이팅 같은 건 아니다. 이번에야말로 진짜 파이어볼이었다.

당황해서 사람들이 뒤를 돌아보았다. 하지만 이미 늦었다.

나는 파이어볼을 방 안으로 밀어 넣은 후 문을 닫고 복도로 나왔다.

물론 복도에 자객이 없다는 것은 이미 확인한 후였다.

밀실에서 작렬하는 파이어볼은 평소 배에 가까운 파괴력을 가진다.

쿠웅!

꽤 큰 소리가 났다.

내 파이어볼은 컨디션이 절정일 땐 제대로 맞으면 철조차도 녹인다.

하지만…

"뭐야, 왜 그래?!"

곧 가우리가 방에서 뛰쳐나왔다. 과연 용병. 나와 같은 생각을 하고 있었던 듯 여느 때의 복장에 검도 물론 들고 있었다.

"자객이야!"

상황 설명은 한마디로 충분했다.

"해치웠어?"

"모르겠어!"

나는 솔직히 대답했다. 만약 어제 이런 일이 일어났다면 주저 없이 고개를 끄덕였을 테지만.

아니나 다를까….

내 입에서 말이 떨어진 그 순간, 방문이 쾅 열리며 무언가 탄 냄새와 함께 사람 그림자 몇 개가 불꽃에 휩싸인 채 뛰쳐나왔다.

"칫!"

곧바로 가우리가 검을 뽑아 들고 그들을 베었다. 눈 깜짝할 사이에 한 사람이 쓰러졌다.

상대는 검과 간단한 갑옷으로 무장한 트롤들이었다.

야단났군.

가우리가 두 번째 트롤을 베려고 했다. 하지만….

그 녀석은 몸 여기저기에서 연기를 내뿜으면서도 자신의 검으로 그 일격을 정확히 막아냈다.

쉽게 할 수 있는 일은 아니었다.

상당히 숙련된 솜씨였다.

"꼬마의 동료인가? 젊은이."

이건 인간의 목소리였다. 우람한 체력의 중년 남자였다.

"제법이군, 형씨."

"별것 아냐, 경험일 뿐이지."

두 사람이 동시에 뒤로 물러섰다.

가우리가 처음에 베었던 트롤이 느릿느릿 일어섰다.

과연 엄청난 재생력…. 하지만 지금은 감탄하고 있을 때가 아니었다. 상황은 아무리 좋게 봐줘도 유리하다곤 할 수 없었다.

가우리가 중년 남자와 일전을 벌이고 있는 동안 나는 필연적으로 트롤들을 상대해야만 했다.

가우리의 솜씨는 확실했지만 중년 남자도 상당한 실력자였다. 그를 상대하면서 트롤까지 떠맡을 수는 없을 터.

하지만 지금의 나에겐 무장한 트롤들을 쓰러뜨릴 만한 힘이 없었다.

나의 마력은 지금 극히 약해진 상태였다.

평소 같으면 가우리가 방을 뛰쳐나왔을 때 이미 결판이 나 있어야 했다. '해치웠어?'라고 묻는 가우리에게 '식은 죽 먹기였어'라고 흔쾌히 대답하고 윙크라도 해 보였을 것이다. 그 뒤엔 화재의 뒤처리. 그걸로 이번 라운드는 디 엔드여야 했다….

하지만 자객들은 옷이 좀 타고 머리카락이 그슬렸을 뿐 아직도 팔팔했다.

지금 마법으로 치명상을 입히는 것은 불가능했다.

그렇다고 내 검술로 트롤들을 물리칠 수도 없었다.

가우리만큼은 아니라고 해도 검술에는 어느 정도 자신이 있었지만, 그것은 어디까지나 인간을 상대할 때의 이야기였다. 전에도 말했다시피 트롤을 검으로 해치우려면 일격필살. 목을 베든지 어떻게 하는 수밖에 없다.

하지만 기술은 둘째치고 나의 검에는 힘이 없었다. 트롤의 목을 일격에 베기란 불가능했다.

결국 남은 방법은 속임수를 쓰는 것뿐이었다.

어디까지나 주 전력은 가우리로 하고 자잘한 마법으로 적을 현혹해서 가우리를 돕기로 했다.

여관의 좁은 복도에서 싸우는 상황이라 적도 일제히 덤벼들 수는 없을 것이다. 그 점을 이용하면 각개 격파법을 쓸 수도 있다.

음, 잘해야 그 정도인가.

힘들겠어….

하지만 할 수밖에 없지.

"자, 그럼…."

슬슬 시작해 볼까 마음먹은 그때.

트롤들의 움직임이 딱 멈추었다.

돌아보니 가우리가 상대하던 중년 남자도 멍청히 서 있었다. 다들 눈동자에 빛이 없었다.

'꼭두각시'의 술법이었다.

그리 어려운 기술은 아니지만 트롤처럼 사고가 단순한 타입의 생물에겐 상당한 효과가 있었다. 물론 트롤들과 함께 술법에 걸린 이 중년 남자가 생긴 것처럼 단순한 인간이라는 말은 아니다. 그만큼 술자의 역량이 엄청났던 것이다.

보통 '꼭두각시' 술법은 상대 한 명에게 시전되는 터. 그것도 어느 정도 시간과 도구를 이용해서. 그런데 이렇게 많은 수의 상대를, 그것도 한순간에 술법에 빠뜨리다니….

아마도 독자적으로 개발한 집단용 마법일 것이다. 나도 나중에 한가해지면 연구해 봐야지.

"어떻게 된 거지? 이 녀석들."

가우리가 물었다.

"별것 아닌 술법입니다."

대답한 것은 내가 아니었다.

"누구에게 잘못이 있는지는 둘째치고, 한밤중에 떠들면 다른 손님에게 폐가 되니까요."

한 사람의 승려가 그곳에 있었다.

어느 틈에 왔는지 트롤의 반대편, 출구 가까운 쪽에 조용히 서 있었다.

자애로운 하얀 얼굴. 나이는 알 수 없었다. 젊은 듯도 하고 늙은 듯도 했다. 눈이 보이지 않는지 그의 두 눈은 굳게 감겨 있었다.

하지만 시선을 끄는 것은 그의 복장.

승려의 복장이 맞긴 한데 온통 붉은색이었다. 보통 승려의 옷은 흰색이고, 지역과 받드는 신에 따라 연자색, 연녹색 등을 쓰는 곳도 있긴 하지만, 어쨌든 색채는 최대한 억누르는 게 보통이었다.

하지만 이 남자의 옷은 어떤가.

마치 피로 직접 짠 듯 선명한 적색이었다. 물론 조명이 어두운 램프뿐인 이유도 있겠지만.

"고마워요. 덕분에 살았어요.

당신은…?"

"뭘요, 전 그저 같은 여관에 묵고 있는 손님일 뿐입니다. 수상한 사람들, 즉 이 사람들이 발소리를 죽이고 걷고 있는 것을 발견했기에 그만 끼어들고 말았군요."

"너 같은 성격이네. 안 그래? 리나."

분위기를 흐리는 가우리를 나는 묵살했다. 지금은 진지한 장면이었기 때문이다.

"그럼 다른 손님들에게 '슬리핑(수면)' 마법을 건 것도…?"

남자는 호오, 놀랐다는 표정을 지었다.

"알고 계셨습니까?"

날 얕보면 곤란하지.

"이렇게 소란을 피웠는데 아무도 나오지 않는 것은 그 때문이
겠죠."

"관계없는 사람들이 나와서 떠들면 곤란하니까요."

"그럼 당신은 이번 일과 관련이 있다는 건가요?"

승려는 손가락을 딱 튕겼다. 그것을 신호로 트롤들과 중년 남자
는 마치 술자에게 조종당하는 좀비 무리처럼 출구 쪽을 향해 어기
적어기적 행진하기 시작했다.

"보아하니 저 사람들, 제르가디스의 부하들 같은데요."

"녀석을 알고 있나요?"

"알고 있고말고요."

승려는 고개를 끄덕였다.

"당신이 갖고 있는 물건으로 마왕 샤브라니구두를 부활시키려
하는 사람, 저의 적입니다."

갑자기 터무니없는 전개가 되고 말았다.

"뭐야, 그 샤, 샤라… 뭔가 하는 것은…."

가우리가 끼어들었다.

"나중에 설명해 줄게."

나는 차갑게 쏘아붙였다.

"정말인가요? 그게."

"틀림없습니다. 제르가디스는 인간과 골렘, 블로 데몬의 합성

으로 생명을 얻은 존재입니다. 마왕을 부활시켜서 강대한 힘을 손에 넣어 세계를 혼돈의 소용돌이에 빠뜨리려 하고 있습니다."

"어째서 그런 바보 같은 짓을…."

승려는 고개를 좌우로 저었다.

"거기까지는…. 하지만 확실한 것은 그는 당신들과 저의 공동의 적이라는 점입니다."

으음….

"갑자기 공동의 적이라 하니 이해가 안 되는데… 당신은 어째서 녀석을 적으로 돌린 거죠?"

"저도 승려입니다. 마왕을 부활시키겠다는 야망을 그냥 두고 볼 순 없지요."

"흐음…."

나는 팔짱을 꼈다. 가우리는 할 일 없이 그저 멍하니 서 있었다.

"쉽게 말해 우리보고 함께 싸우자는 말인가요?"

"아뇨, 아뇨. 말도 안 되지요."

승려는 황급히 고개를 저었다.

"보아하니 당신들은 그런 사연도 모르고, 우연히 마왕을 해방하는 '열쇠'를 손에 넣어서 그들과 적대시하게 된 것 같군요."

"뭐, 그렇긴 해요."

"제가 그 '열쇠'를 보관하도록 하죠. 그러면 당신들도 쓸데없는 소동에 휘말리지 않게 될 겁니다."

"그보다도 그 '열쇠'를 부숴버리는 편이…."

"안 됩니다, 그것은!"

승려가 당황스러워했다.

"그것은 바로 마왕을 부활시키는 수단입니다."

"하지만 만약 이것을 당신에게 넘기면 당신은 혼자서 놈들과 싸워야 하는데….'

"걱정 마시길. 버거운 상대이긴 하지만 이 적법사는 결코 놈에게 밀린다고 생각지 않습니다."

적법사…?

"아, 혹시 당신이 적법사 레조…?!"

나는 그제야 이 승려의 정체를 깨달았다.

"그렇게 불리기도 하지요."

그는 쓴웃음을 지었다.

적법사 레조. 항상 붉은색 법의를 걸치고 있는 인물로, 세이룬의 대신관과 동등한 영력을 가지고 있으면서도 어느 나라에 속하지 않고 모든 나라를 돌아다니며 사람들에게 구원의 손길을 내밀고 있다고 일컬어진다.

승려에게 필수인 백마법은 물론이고 정령 마법, 흑마법에도 능통해서 현대의 5대 현자 중 한 사람으로 꼽히고 있다.

그의 결점은 오직 두 개뿐. 하나는 태어났을 때부터 두 눈이 보이지 않는다는 것. 그리고 또 하나는 이름이 마치 악당 같다는 것.

그의 이름은 다섯 살짜리도 알고 있을 정도이다.

뒤에서 누군가가 망토를 잡아끌었다. 가우리였다.

"유명한 사람이야?"

이 녀석은….

"나중에 설명해 줄게!"

나는 마음을 가다듬고 법사와 하던 이야기를 계속했다.

"그럼 저희도 녀석들과 싸울게요."

"예…?"

"그 말을 듣고 '알았어요. 뒷일을 부탁해요.'라고 할 순 없잖아요."

"걱정해 주시는 것은 고맙습니다만…."

"물론 당신의 힘을 못 믿는 것은 아니지만, 만에 하나라도 마왕이 부활한다면 그땐 정말 남 일이 아니게 되니까요. 힘이 부족한 것은 잘 알고 있지만 조금이라도 법사님께 도움이 되고 싶어요."

법사는 난처한 듯한 표정을 지었다.

"하지만…."

"걱정하실 것 없어요. 저에게도 마법 지식이 조금은 있고, 여기 있는 가우리도 상당한 실력의 검사니까요. 결코 법사님을 방해하는 일은 없을 거예요."

법사는 크게 한숨을 쉬었다.

"알겠습니다. 그렇게까지 말씀하시니 도리가 없지요."

"그럼!"

"함께 싸웁시다."

"예!"

가우리가 다시 뒤쪽에서 망토를 쭉쭉 잡아끌었다.

무시!

"그럼 '열쇠'는 제가 맡도록 하죠."

법사가 말했다. 나는 조용히 고개를 저었다.

적법사는 의아하다는 표정을 지었다.

"놈들은 당신과 제가 손을 잡은 것을 몰라요. 저희가 미끼가 될 테니 법사님은 뒤에서 지원을 해주세요."

"하지만… 그래선 당신들이 위험합니다. 미끼라면 제가….""

"아뇨. 당신이 '열쇠'를 가지고 있게 되면 우리 사이에 접촉이 있었다는 걸 녀석들이 알게 될 거예요. 그렇게 되면 또 다른 작전을 세워야 할 테고, 그러면 미끼의 의미가 없지요."

"그렇긴 합니다만….""

"법사님, 부디 저, 리나를 믿어주세요."

그런 말까지 듣고 '아니, 하지만….'이라고 말할 사람은 없을 것이다. 가우리 정도라면 또 모르지만.

"알겠습니다. 그럼 '열쇠'는 당신에게 맡겨두지요."

말하고 나서 법사는 내 방 쪽으로 걸어갔다.

대체 무엇을 하려고…?

법사는 품속에서 작은 구슬 같은 것을 꺼내더니 방 안에 밀어넣고 문을 닫았다.

법사의 입에서 낮게 주문을 외우는 소리가 흘러나왔다.

'리저렉션(부활)'과 비슷하지만 조금 다른 듯했다.

얼마 후에 주문은 갑자기 끝났다. 무엇이 어떻게 되었는지 알 수는 없었지만.

"그럼 전 제 방으로 돌아가겠습니다. 합의한 대로 내일부터 전 당신들을 뒤에서 돕도록 하겠습니다. 그럼 편히 쉬시길."

그는 그렇게 말하고는 그대로 성큼성큼 걸어갔다.

"아무렇지도 않은데? 방 안은."

방 안을 들여다보고 가우리가 말했다.

"대체 무엇을 한 거지? 그 아저씨."

"어디⋯."

나도 방 안을 들여다보고⋯

익!

말문이 막혔다.

가우리가 말한 대로 방은 아무렇지도 않았다. 조금 헝클어진 침대, 하얀 싸구려 커튼.

무엇 하나 바뀐 것은 없었다,

내가 파이어볼을 집어 던지기 전과.

방 안이 검게 그을려 있었다면 내일은 어쩔 수 없이 여관 주인에게 잔소리를 들어야 했다. 그래서 어떻게 할지 고민하고 있었는데⋯. 하지만 어떻게 했는지 적법사 레조는 불탄 방을 재생시킨 것이었다.

"말도 안 되는 녀석이야."

"뭐, 뭐가 말이 안 되는데?"

"됐어. 내일 천천히 이야기해줄게. 오늘은 일단 그만 자자. 수면 부족은 미용과 건강의 적이니까."

말하고 나서 나는 내 방의 문을 닫고 가우리의 방에 들어가서 구석 쪽에 드러누웠다.

"이봐, 너."

가우리가 말을 걸어왔다.

"여기는 내 방이야."

"알고 있어."

"……."

"내 방에 있다간 또 기습을 받을지 모르잖아."

"하지만 이 방에 있다고 해도…."

"혼자보다 두 사람인 게 든든하잖아."

"알았어. 그럼 침대에서 자. 내가 바닥에서 잘 테니까."

"그럴 순 없어, 방 주인은 너니까."

"그래, 그래. 알았어."

설득이 소용없다는 걸 알았는지 가우리는 방 반대쪽 바닥에 벌렁 드러누웠다.

"어째서 침대에서 안 자는 거야?"

이번엔 내가 물었다.

"바보, 여자를 바닥에 재운 채로 남자가 어떻게 뻔뻔하게 침대에서 자겠냐?"

나는 쓴웃음을 지었다.

"맘대로 해. 잘 자, 가우리."

"잘 자, 꼬맹아."

이렇게 나를 어린애 취급하는 것만 **빼면** 정말 좋은 사람인데 말이야.

"너 정말 '마왕 샤브라니구두'를 몰라?"

나무 그늘로 **뻗어** 있는 길을 나란히 걸으면서 나는 물었다.

며칠 전부터 비슷해 보이는 숲속만을 걷고 있었다. 슬슬 이 나무들밖에 보이지 않는 풍경에도 질리기 시작했지만 어쩔 수 없었다. 이 길은 케레사스 대삼림을 가로질러 아트라스 시티로 통하는 루트이니, 당연히 아트라스 시티까지는 이것과 비슷한 광경이 계속되는 셈이었다.

"음…."

가우리는 잠시 생각에 잠겼다.

"역시 모르겠어."

샤브라니구두의 전설은 비교적 유명해서 마법사가 아니더라도 대개 알고 있을 텐데….

나는 한숨을 쉬었다.

"알았어. 처음부터 이야기해 줄게. 뭐, '옛날이야기'라도 듣는 기분으로 들으라고."

"응, 응."

다시 한번 한숨…. 이야기하면 알아들을까, 이 남자는.

"이 세상에는 우리가 살고 있는 세계와는 별도로 다른 세계가 여럿 존재해. 그 모든 세계는 먼 옛날 누군가의 손에 의해 '혼돈의 바다'에 세워진 무수한 '지팡이' 위에 자리 잡고 있어. 각각의 세계는 둥글고 평탄해서… 그래, 땅에 꽂힌 막대기 위에 올려놓은 파이 같은 걸 상상하면 될 거야. 그런 세계 중 하나가 우리가 지금 살고 있는 여기인 셈이지."

나는 그렇게 말하며 땅을 가리켰다.

이 설은 마법사들 사이에 통설이 되어 있지만 나는 이의가 있었다. 하지만 지금 여기서 그 말을 한다 해도 가우리를 혼란시킬 뿐이므로 그만두었다.

"그 각각의 세계를 둘러싸고 먼 옛날부터 계속 싸우는 두 개의 존재가 있어.

하나는 '신족', 또 하나는 '마족'.

'신족'은 세계를 지키려고 하는 자들. '마족'은 세계를 멸망시키고 그것을 지탱하고 있는 '지팡이'를 손에 넣으려고 하는 자들.

어느 세계에선 '신족'이 승리를 거두어 평화로운 세계가 구축되었고, 어느 세계에선 '마족'이 승리를 거두어 그 세계는 멸망했어. 그리고 또 어느 세계에선 싸움이 아직도 계속되고 있지.

우리가 살고 있는 이 땅에서는 '루비 아이(붉은 눈의 마왕)' 샤브라니구두와 '플레어 드래곤(적룡신)' 쉬피드가 패권을 다퉜어. 싸움은 몇백, 몇천 년간 계속되었지만 마침내 용신은 마왕의 몸을 일곱 조각으로 나누어 이 세계의 도처에 봉인했지."

"신족이 이긴 셈이네."

나는 고개를 저었다.

"봉인한 것뿐이야. 완전히 제거한 건 아니라고."

"하지만 몸을 일곱 조각으로 분리했잖아."

"그 정도로 죽는다면 마왕이라고 할 수 없어. 그리고 용신도 마왕을 봉인하긴 했지만 힘이 다해 '혼돈의 바다'에 가라앉고 말았지."

"무책임하군."

"걱정 마. 혹시 모를 마왕의 부활을 걱정하여 용신은 힘이 다하기 직전에 지룡왕, 천룡왕, 화룡왕, 수룡왕이라는 네 개의 분신을 만들어서 그들에게 이 세계의 동서남북을 맡겼으니까. 그것이 지금으로부터 대략 5천 년 전의 일이라고 해.

그리고 지금으로부터 천 년 전, 용신이 우려했던 일이 현실이 되었어. 일곱 개로 분리된 마왕 샤브라니구두 중 하나가 부활했거든. 마왕은 한 인간에게 달라붙어 그 육체와 정신을 지배하여 자신을 부활시켰어.

마왕은 주도면밀한 함정을 설치하고 북쪽을 관장하는 수룡왕에게 싸움을 걸었지. 그래서 간신히 수룡왕을 물리치긴 했지만 자기 자신의 몸도 땅에 묶여서 움직이지 못하게 되고 말았어."

"헛된 싸움이었군."

"두 사람의 힘이 비슷했던 셈이지.

어쨌거나 그런 이유로 그때까지 평화를 유지하고 있던 이 세계의 균형이 무너지고, 흔히들 말하는 '어둠의 짐승들'이 세상에 모습을 드러내게 된 거야."

"흐음…."

가우리는 알아들었다는 듯 고개를 끄덕였다.

뭐, 이 세계관이 옳은지 어떤지는 둘째치고, 먼 옛날 이 땅에 샤브라니구두라는 이름과 '마왕'의 칭호를 얻기에 부끄럽지 않을 정도의 강대한 힘을 가진 '무언가'가 존재했던 것만은 확실하다.

그리고 먼 북쪽 땅에 또 다른, 혹은 그것과 동질의 '무언가'가 있다는 것도.

"그렇다고 하면 그 제르… 뭐시기라는 흰색 로브 녀석이 하려고 하는 짓은 일곱 개로 분리된 마왕의 '두 번째'를 부활시키는 것이겠군."

"그렇겠지. 적법사 레조의 말이 맞는다면 말이야."

"그러고 보니…."

가우리가 소리를 낮추었다. 그의 특기인 '나에게 간신히 들릴까 말까 한' 속삭임이다.

"존댓말을 쓰긴 했지만 너, 레조를 그리 믿는 것 같진 않던데."

제법 날카로운데?

"헤에, 제대로 보고 있긴 하구나."

나 역시 작은 소리로 대답했다.

"그가 정말 레조라는 보장은 어디에도 없어. 정말로 전설에 가까운 인물이고 최근 10년 동안은 실제로 보았다는 사람도 없으니까."

"레조의 이름을 이용해서 우리에게 접근하려 하는 '놈들' 일당일지도 모르는 셈이군."

"그래."

"그런데 용케도 나는 믿어주었네?"

"믿지 않는지도 몰라."

나는 장난스럽게 말했다.

"그건 좀 섭섭한걸."

"농담이야. 이래 봬도 사람 보는 눈은 있으니까."

"고마워, 꼬맹아."

그렇게 말하면서 가우리는 내 머리를 토닥거렸다.

이거 봐, 또!

"아이 취급하지 말라니깐!"

그렇게 말하긴 했지만 아이 취급받는 것에 익숙해지고 말았는지 그다지 화도 나지 않았다.

"그러고 보니 너 대체 몇 살이야?"

"스물다섯."

"!"

가우리의 얼굴이 굳어졌다.

"농담이야. 하지만 나도 벌써 열다섯 살이라고."

"아, 깜짝 놀랐네. 그렇겠지. 그래야지. 아직 열다섯…. 역시 어린애잖아."

"벌써 열다섯! 어른…… 이라곤 못 해도 이제 어린애는 아니라고."

"어려운 나이로군."

"무슨 엉뚱한 소리를…. 아, 맞다. 그 말을 해 주는 걸 깜빡할 뻔했네."

그렇게 말하고 나는 어느 틈엔가 목소리를 다시 낮추었다.

"앞으로 며칠간 난 마법을 거의 쓸 수 없을 거야. 그동안은 어디까지나 널 중심으로 싸워야 해."

"마법을… 쓸 수 없다고?"

꽤 놀란 듯했지만 그래도 큰 소리를 내거나 하진 않았다.

나는 고개를 끄덕였다.

"흠….'

가우리는 잠시 생각하더니 말했다.

"그날인가…?"

……

"자, 잠깐, 가우리!"

나는 새빨개졌다.

"음?"

그는 '왜 그래?'라는 표정으로 태연히 내 쪽을 바라보았다.

오히려 내 쪽이 나도 모르게 눈길을 돌리고 말았다.

"어… 어떻게 안 거야? 그날인지 아닌지…."

여자라면 아이를 낳을 수 있도록 만들어진 이상, 한 달에 한 번

고통을 받아야 하는 때가 찾아온다. 그 전후의 이삼일 동안 여자 마법사, 무녀, 여승 등은 그 영력이 현저히 감퇴하고 사람에 따라선 완전히 영력이 사라지는 경우도 있었다.

그동안만큼은 처녀성을 잃고 평범한 여자가 되기 때문이라는 것이 세간의 해석이지만 그런 것은 아니다. 나는 단순히 정신 통일의 문제일 거라 생각한다.

나도 어젯밤 무렵부터 마법이 감퇴하고 있었기에 어쩌면 슬슬 …이라고 생각하고 있었는데 아니나 다를까….

아니, 그런 것은 아무래도 좋다.

문제는 오거의 체력과 슬라임의 지력을 겸비한 가우리가(이건 내가 봐도 적절한 표현이라고 생각한다) '마법을 쓸 수 없는 날= 그날'이라는 공식을 어떻게 알고 있느냐 하는 것이다.

"별로 대단한 건 아니야."

가우리가 말했다.

"어렸을 때, 한 다섯 살 때였나? 근처에 점쟁이 아줌마가 살았는데, 한 달에 며칠은 꼭 문을 닫았어. 그 이유를 물어봤더니 웃으면서 '그날이기 때문이야'라고 하더라고. 그래서 '아, 그날이라는 것은 마법을 쓸 수 없는 날을 말하는구나.'라고 알았지. 그런데 '그날'이라는 것에 다른 의미가 있는 건가? 가르쳐주실래요? 리나 양. 전 잘 모르겠는데요."

"너 말이야."

분명 날 놀리면서 즐거워하고 있었다.

이 녀석은…!

"뭐, 농담은 이쯤 해두고…."

갑자기 가우리는 멈춰 서더니 진지한 얼굴로 돌아갔다.

"조금 진지해지지 않으면 안 되겠어."

나도 발을 멈추었다.

오른쪽으로는 나무들이 자라나 있고, 왼쪽은 좀 트여 있어서 광장처럼 되어 있는 곳이었다.

똑바로 뻗어 있는 대로 한복판에 우리의 앞길을 가로막듯이 한 남자가 서 있었다. 외투로 보이는 옷을 입은 스무 살 전후의 상당한 미남이었다.

그런데.

그 피부는 검푸른 암석 같은 것으로 만들어져 있었고, 은색 머리카락은 무수한 금속의 실처럼 보였다.

그리고 손에 들고 있는 것은 브로드 소드(broad sword).

나는 알았다.

그가 대체 누구인지.

"호오…."

가우리가 말했다.

"드디어 참지 못하고 대장이 직접 나선 건가? 제가르디스."

이봐.

"이름이 틀렸잖아. 제르디가스야."

나는 틀린 부분을 정정해 주었다.

"제르가디스다."

본인이 다시 정정했다.

"……"

"……"

아아, 분위기가 묘해졌다!

모처럼 진지한 분위기였는데!

어떻게든 분위기를 바꿔야 해!

"제르가디스라고 했어, 난!"

"나, 나도…."

가우리도 지지 않고 말했다.

"내 이름 따윈 아무래도 좋아."

제르가디스는 짜증을 내며 말했다.

"그보다 그 물건을 넘겨주면 좋겠는데. 만약 죽어도 싫다고 하면 어쩔 수 없지. 내가 이 손으로 직접 빼앗을 테니까. 자, 어느 쪽이 좋은지 선택해라, 소피아."

……?

나와 가우리는 잠시 얼굴을 마주 보다가….

"아."

두 사람이 동시에 탁, 하고 손뼉을 쳤다.

누구를 말하나 했더니만 알고 보니 별것 아니었다. 이 남자는 내가 졸프라는 미라 남자에게 댄 거짓 이름을 본명으로 알고 있었던 것이다.

"내 이름은 리나야."

"뭐…?"

제르가디스가 생김새에 어울리지 않는 얼빠진 소리를 냈다.

"리나. 졸프인지 뭔지 하는 녀석에게 댄 건 가짜 이름이라고."

"……."

어떻게 반응해야 좋을지 모르겠는지 제르가디스는 멍청히 서 있었다.

일단 상대의 기세를 죽이는 작전은 성공이었다.

작전이라기보다 절반 이상은 어쩌다 보니 그렇게 된 것이라는 의견도 있을지 모르겠지만, 그것은 해선 안 될 말이다.

그럼 이 틈에….

"이름 따원 아무래도 좋아."

목소리는 다른 곳에서 났다.

뒤쪽이었다.

나는 목소리가 난 쪽을 바라보았다.

나타난 것은 한 사람의 워울프였다.

정확히 말하자면 트롤과 늑대의 피가 반반씩 섞여 있다고 해야 할까. 그래서 엄밀히 말하면 '워울프(늑대 인간)'라고 할 순 없었 지만 어쨌거나 적당한 호칭이 없으므로 알기 쉽게 '워울프'라고 부르기로 했다.

얼굴은 늑대, 몸은 인간인데 엉뚱하게도 가죽 갑옷 같은 것을 입고 있었고(웃음) 큼직한 시미터를 어깨에 메고 있었다.

"그러니까 이 여자한테서 신상을 빼앗으면 된다는 거지? 제르두목."

"딜기아!"

제르가디스의 질책이 퍼부어졌다.

워울프는 순간 멍한 표정을 지었다.

"그리고 보니 이 녀석들에겐 아직 물건이 무엇인지 말하지 않았던가? 뭐, 하지만 어찌 되었든 마찬가지야. 이 녀석들은 여기서 죽을 테니까."

"멋대로 지껄이지 마."

나는 성큼 한 걸음 나섰다.

"네가 어느 정도인지는 모르겠지만 분명히 말해 내 적수는 못돼."

"호오…."

워울프는 눈을 가늘게 떴다.

"자신만만한 꼬맹이로군.

그럼 그 힘을 보여주실까?"

"좋아. 하지만 2대2론 너무 쉽게 승부가 나니 재미가 없어. 이쪽은 한 사람으로 충분해. 자! 싸워라, 가우리!"

"뭐어어어어?!"

가우리는 과장된 소리를 내며 나를 바라보았다.

"자, 잠깐, 꼬맹아…."

"왜?"

"둘이서 다툴 필요 없어."

다른 목소리가 났다. 들은 적 있는 목소리였다.

"나도 있으니까."

역시.

제르가디스의 옆에 등장한 것은 어젯밤 무장한 트롤 무리를 이끌고 우리를 습격한 그 중년 남자였다. 오늘은 야외라서 그런지 할버드(미늘창) 같은 것을 메고 있었다. 아마도 이쪽이 그가 더 능숙하게 쓰는 무기일 것이다.

나는 외쳤다.

"아무리 그래도 3대1은 비겁해!"

"이봐, 이봐, 이봐!"

가우리는 당황스러워했다. 침착함과는 거리가 먼 녀석이다. 그런 문제가 아닐지도 모르겠지만.

"어제는 영문 모를 기술에 당했지만 오늘은 그렇게 안 될걸?"

으음, 전세가 불리하다. 여기에서는 일단 도망치는 편이 좋을 것 같다.

그러나.

"아무래도 좋아. 간다!"

제르가디스가 움직였다. 앞으로 뻗은 오른쪽 손바닥에서 열 개 가까운 '플레어 애로(flare arrow)'가 나타났다.

"칫!"

나와 가우리는 잽싸게 그곳에서 물러섰다.

'플레어 애로'는 두 사람 사이의 땅에 박혀 폭발했다. 흙먼지가 뿌옇게 일면서 시야를 차단했다.

이런! 가우리와 떨어지고 말았다.

연기 저편에서 금속끼리 맞부딪치는 날카로운 소리가 들려왔다. 아무래도 가우리가 적 중 누군가와 싸우고 있는 듯했다.

"가우리!"

외친 그 순간.

칼날이 번득였다.

"이크!"

나는 황급히 그 자리에서 피했다.

그리고 허리에서 검을 뽑았다.

"네 솜씨가 어느 정도인지….."

서서히 걷혀가는 연기 속에서 그 녀석은 모습을 드러냈다.

"시험해 보도록 하지!"

"제르가디스!"

"하앗!"

제르가디스가 칼을 휘둘렀다. 난 곧바로 검으로 막았다.

카앙!

무겁다!

까딱하면 검을 떨어뜨릴 뻔했다.

이 녀석은 상당한 실력자다.

공격 하나하나에 충분한 힘과 속도가 실려 있다. 이런 것을 일

일이 막고 있다간 팔이 버텨내질 못할 것이다.

분하지만 지금의 내가 이길 수 있는 상대가 아니었다.

나는 도망가는 쪽을 선택했다.

몸을 돌려 숲속으로 달려갔다.

그들이 노리는 것은 나이므로 제르가디스는 반드시 쫓아올 것이다. 숲속에서 녀석을 따돌리고 전투에 복귀하여 가우리를 도와줄 생각이었다.

그럴 생각이었다.

하지만 나는 그때까지 제르가디스를 얕보고 있었다.

내 뒤를 쫓아 제르가디스가 숲속으로 들어왔다. 여기까지는 계획대로였다. 하지만….

순식간에 따라잡히고 말았다.

다음 순간 그의 무릎이 내 명치에 박혔다.

허를 찌를 생각으로 휘두른 검은 허무하게 허공을 갈랐다.

내 등이 나무와 충돌했다.

한순간 호흡이 멈추었다.

"여자니까… 콜록, 좀 더 부드럽게 대해야지."

완전히 쓰러지지는 않았지만 그래도 방금 것은 꽤 타격이 컸다.

"거칠게 다룰 생각은 전혀 없었어, 그것만 넘겨주었다면."

나는 주춤주춤 후퇴했다. 그 움직임을 제르가디스는 눈만으로 쫓았다.

나는 단숨에 달리기 시작했다. 제르가디스가 그 뒤를 쫓았다.

지금이다!

"빛이여!"

녀석에게 '라이팅'을 날렸다. 제르가디스는 정면으로 빛과 충돌했다.

"크악!"

물론 이 정도로 쓰러뜨릴 순 없겠지만 잠시 눈을 멀게 하기에는 충분했다.

지금의 나는 이 정도의 마법만을 쓸 수 있을 뿐, '파이어볼'쯤 되면 연기도 나지 않았다.

그대로 도망쳤다. 반격은 하지 않았다. 내 검이 녀석의 바위 피부에 통할지 어떨지 매우 의심스러웠기 때문이다.

갑자기 숲은 사라지고 작은 호수가 나타났다.

여기서는 몸을 숨길 수도 없었다.

숲속으로 돌아가기 위해 뒤돌았다.

하지만 제르가디스가 눈앞에 있었다.

어쩔 수 없다.

나는 호숫가를 질주했다.

"놓칠쏘냐!"

제르가디스가 무언가를 던진 낌새가 났다.

돌아보지 않고 왼쪽으로 움직여서 피했다. 하지만….

몸이 움직이지 않았다.

돌아보니 방금 제르가디스가 던진 작은 금속 조각이 땅에 드리워진 내 그림자에 박혀 있었다.

'그림자 포박'인가?!

아스트랄 사이드(정신 세계)에서 상대의 움직임을 속박하는, 별 것 아니지만 많은 기술을 요하는 술법이었다.

"이까짓 것!"

나는 '라이팅' 마법을 구사하여 그림자가 있는 쪽에 빛의 구슬을 던졌다.

그림자가 사라짐과 동시에 내 몸도 자유를 되찾았다.

하지만 이미 때는 늦었다!

돌아보니 눈앞에는 제르가디스가 있었다. 그리고….

3. 대위기! 붙잡혔다(한심해…)

정신이 들자 낯선 곳에 있었다.

지금은 폐허가 된 낡은 성당의 어느 방으로 보였다.

창의 작은 스테인드글라스도 지금은 깨져서 신화의 어느 부분을 재현한 것이었는지조차 이미 알 도리가 없었다.

지저분한 벽에는 마치 홀로 남겨진 듯 고대의 성인상이 기대서 있었다.

왼쪽 머리가 욱신거렸다.

아무래도 아직 죽지는 않은 모양이다.

이것도 다 평소의 행실 덕분이리라.

지금은 그런 소리나 하고 있을 때가 아닌가…?

나는 양손이 묶인 채 천장에 매달려 있었다.

눈앞에는 제르가디스가 있었다.

미라 남자와 좀비도 있다.

딜기아인가 하는 워울프와 처음 보는 얼굴이 또 한 명 있었다.

반어인(半魚人)이었다.

반어인이라고는 해도 라곤 종이나 길만 종 같은 어중간한 타입이 아니었다. 그것들은 인간의 몸에 비늘이 자라 있는 정도지만,

눈앞에 있는 건 물고기에 손발이 달려 있는 듯한 녀석이었다.

넓적한 몸. 그리고 마찬가지로 넓적한 머리 양쪽에 달려 있는 두 개의 커다란 물고기 눈. 번뜩번뜩 빛나는 비늘로 덮인 몸. 멍하니 살짝 벌어진 입.

완전히 물고기 그 자체였다.

심장이 안 좋은 사람에게 갑자기 들이대 보이면 절대로 안 될 녀석이었다.

그 무사 타입의 중년 남자만 모습이 보이지 않았다.

"소문과 딴판이더군."

제르가디스의 첫마디는 그것이었다.

참견 마.

"졸프에게 감사해라. 이 녀석이 널 산 채로 데려가자고 해서 죽이지 않고 데려왔으니까."

"아, 그것 참 감사하군."

나는 실실 웃어 보였다.

"호오, 여유가 있는데 그래?"

졸프가 말했다.

"그런데… 내 동료는 어떻게 되었지?"

"그 남자 말이야? 그 녀석이라면 널 내버려 두고 냅다 도망쳤어. 차였구나, 꼬맹아."

이번엔 딜기아가 말했다.

"그래? 그것참 아쉬운데."

내가 말했다.

"동감이야."

제르가디스가 한숨을 쉬었다.

"네가 그것을 남자에게 건넸을 거라곤 생각 못 했어. 너를 살려 둔 건 잘할 일이었군. 그 남자가 구하러 올지도 모르니까."

"그게 무슨 말이지?"

딜기아가 말했다.

"이 여자, '신상'을 안 가지고 있더군."

"뭐?!"

나와 제르가디스를 제외한 전원이 합창했다.

"자세히 조사해 봤어?"

딜기아의 말에 제르가디스는 조금 화난 표정이었다.

"이 몸에 그 신상을 숨길 만한 곳이 있는 것처럼 보여?"

이크, 묘한 오해를 하면 곤란한데 난 알몸으로 매달린 것은 아니다. 여느 때의 복장에서 망토와 검을 빼앗겼을 뿐인 모습이었다. 하지만 신상이 그리 크지 않다고 해도 그것을 옷자락 및 어딘가에 숨기고 있다면 한눈에 알 수 있을 것이다.

딜기아는 주위를 어슬렁거리며 세세히 내 몸을 살펴보았다.

"흠, 그건 그렇군. 아니, 잠깐. 이 녀석, 여자니까 몸 안에 숨기는 것도… 아니, 그건 좀 무리인가? 그런 걸 집어넣었다간 큰일이 나겠지."

천박한 농담을 하면서 혼자 껄껄거렸다. 나도 모르게 얼굴이 빨개졌다.

"하지만 그 남자가 가지고 있어야 할 오리할콘이 탐지되지 않아. 그건 어떻게 된 일이지?"

제르가디스가 말했다.

"넘겨주는 시점에선 어느 것이 '그 물건'인지 알 수 없었지만, 일단 그럴 법한 것 모두에 '프로텍트'를 걸어두었거든."

"프로텍트?"

"그래. '탐색'이 되지 않도록 말이야. 신상에는 아스트랄 사이드에서 탐사할 수 없는 것을 걸어두었지."

"너… 그런 것도 할 수 있어?"

제르가디스가 감탄했다는 듯 물었다.

"뭐, 그 정도야."

자랑~~~~~~~~~~~~~!

"나랑 싸울 땐 허접한 마법밖에 쓰지 않더니."

"너도 조금도 실력을 발휘하지 않았잖아."

"호오, 알고 있었나."

"그 정도야, 뭐."

"머리는 나쁘지 않은 것 같군. 하지만 쓰는 마법이 허접하다는 것은…."

잠시 그는 생각에 잠기더니 곧 손뼉을 짝 쳤다.

"그렇군. 그날이었나."

"냅둬!"

나는 다시 빨개졌다.

"어쨌거나 그 남자가 올 때까지 널 살려둘 필요가 있겠군. 졸프, 이 애를 어떻게 할 생각인지는 모르겠지만 죽이면 안 돼."

제르가디스가 불길한 소리를 했다.

"알고 있습니다."

졸프가 의미심장한 웃음을 흘렸다.

으으~ 싫어.

"자, 아가씨."

그는 내 쪽을 바라보고 묘한 목소리로 말했다.

"너한텐 이것저것 신세를 많이 져서 말이야, 답례를 꼭 하고 싶은데… 어떻게 해줬으면 좋겠어?"

이런, 이 녀석 위험한 성격이다.

이런 녀석을 보면….

"졸프… 씨."

"뭐?"

그는 여유만만한 표정으로 대답했다.

"하나만… 말해두고 싶은데….."

"봐달라는 말은 소용없어."

"그게 아니라….."

"음, 뭐? 말해봐."

나는 똑바로 졸프를 바라보며 딱 잘라 말했다.

"저질."

대폭소.

아아, 먹혔다, 먹혔어. 설마 이렇게까지 먹힐 줄은 생각지도 못했는데.

졸프 이외의 녀석들은 크게 웃었다. 제르가디스마저 돌아서서 웅크린 채 어깨를 들썩였다.

이런 성격인 것이다, 나는.

하지만.

나는 웃지 않았다.

화를 내며 신음할 줄 알았던 졸프가 표정 하나 바꾸지 않고 물 끄러미 나를 쳐다보고 있었던 것이다.

무, 무서워.

웃음이 대충 진정되자 졸프가 입을 열었다.

"딜기아…."

그는 옆에 있는 워울프에게 말을 걸었다. 억양이 없는 조용한 목소리로.

"음, 왜 그래?"

딜기아가 대답했다.

"이 애를 범해라."

"뭐어어어어어?!"

소리를 낸 사람에게 시선이 집중되었다.

대상은 내가 아니었다.

딜기아였다.

졸프의 말에 나보다 한발 앞서 비명을 지른 것은 워울프 쪽이었다.

"농담이지?"

딜기아는 쥐어짜는 듯한 목소리로 말했다.

"…뭐? 아니, 진심으로 하는 말인데?"

라고 말하는 졸프.

"이봐, 이봐, 이봐. 그런 말도 안 되는 요구는 하지 마. 상대가 글래머 고블린이나 아담한 사이클롭스라면 몰라도… 뭐가 좋아서 인간 여자를 품어야 하는 거지? 애당초 이런 녀석이 상대라면 흥분하려고 해도 할 수가 없어."

이봐….

"미적 감각이 다른 녀석이군."

제르가디스가 말했다.

"딜기아에게 있어서 인간 따윈 성욕의 대상도 안 되는 셈이군."

그랬다.

인간 남자가 암컷 고블린을 보고 흥분하지 않는 것과 같은 이유였다. 물론 개중에는 그런 취미를 가진 사람도 있을지 모르지만…….

하지만 마치 내 매력이 고블린이나 사이클롭스 이하처럼 들리잖아!

한순간 항의할까 생각했지만 딜기아가 '그렇게까지 말한다면

…' 하고 마음을 바꾸기라도 하면 곤란하므로 일단 참기로 했다.

두고 보자.

"으음, 그럼 눈사!"

졸프가 이번엔 반어인에게 말했다. 엄청 기분 나쁜 그 녀석 말이다.

"네가 범해!"

"범해…?"

눈사는 느릿한 목소리로 말했다.

"그래."

"그 말은… 이 여자와 생식 행위를 하라…는 말인가?"

"뭐, 그런 셈이지."

이 녀석도 그다지 기대를 못 하겠군, 하는 기색이 졸프의 표정에 드러났다.

하지만….

"뭐… 좋겠지."

"잠깐!"

이번에야말로 정말로 나는 비명을 질렀다.

말도 안 돼!

이 물고기 남자와 악수를 할 바엔 길 가는 아무나 붙잡고 키스를 하는 편이 나을 정도이다. 그런데… 그런데….

이 녀석과 이상한 짓을 하라니!

그야말로 죽는 편이 나았다!

"그래? 해줄 거야? 암, 그래야지! 그래야 남자지!"

졸프는 혼자서 불타올랐다.

눈사가 느릿느릿 다가왔다.

젖은 천이 끌리는 듯 철벅철벅 발소리를 남기며.

"그만둬! 가까이 오지 마! 바보, 오지 마!"

"넌 행복한 거야."

눈사가 말했다.

"인간이면서도 우리 무리 중 가장 미남인 나의 아이를 낳을 수 있으니까."

"누가 미남이라는 거야, 누가! 오지 마! 왓, 울 거야! 이봐!"

"울어라! 소리쳐라! 공포로 떨어라! 우리를 거스른 것이 얼마나 어리석었는지 몸으로 직접 깨닫도록 해라!"

불타오르는 졸프. 겁을 내는 나.

탁….

눈사가 발을 멈추었다.

바로 내 눈앞에서.

"자…."

눈사는 느릿한 목소리로 말했다.

나는 이제 공포 때문에 목소리도 나오지 않았다.

"어서 알을 낳아라."

…….

휘잉….

침묵.

아무도 눈사가 한 말의 의미를 이해하지 못했다.

다들 황당한 표정이었다.

"왜 그래? 어서…."

눈사가 말했다.

"이봐…."

옆에서 딜기아가 끼어들었다.

"이봐, 눈사. 뭐야? 그 '알'이라는 게."

눈사는 워울프를 바라보더니 의외라는 표정을 지었다.

"알이 없으면 생식을 못 하잖아."

무슨 소리인지 알 수 없는 말을 당연하다는 듯 뇌까리는 눈사.

"그렇군."

제르가디스가 손뼉을 짝 쳤다.

"생식 방법이 다른 거야."

"뭐…?"

졸프가 의아한 표정을 지었다.

아, 그렇구나.

"눈사, 너희들이 아이를 만들 때는 어떤 식으로 하지?"

제르가디스가 물었다.

"먼저 여자가 알을 낳아. 그러면 거기에 남자가 정자를 뿌리지. 그것을 축축한 곳에 놓고 50일쯤 지나면 아이가 태어나."

역시.

생식 방법까지 인간보다 물고기에 가까웠다.

"너 말이야."

졸프가 따졌다.

"어째서 그런 얘기를 일찍 하지 않은 거야?!"

"몰랐지, 우리와 너희의 아이 만드는 방법이 다를 줄은."

"너 말이야."

"기다려, 졸프."

딜기아가 말했다.

"다른 사람을 시키지 말고 너나 로디마스가 하면 되잖아, 같은 인간이니까."

"로디마스 녀석은 기사 나부랭이라 글렀어. 기사도 정신인지 뭔지 여자와 아이를 괴롭히는 건 싫다며 이곳에 얼굴도 안 비치잖아. 고개를 숙이고 부탁해도 해줄 리 없어."

아무래도 '로디마스'란 그 중년 검사를 말하는 듯했다.

"그리고 나 역시 이 녀석 때문에 부상을 입어서 힘들어. 그걸 하려고 하면 내 쪽이 더 타격이 클걸?"

"그럼 포기할 수밖에 없군."

"아니. 아직…."

말끝을 흐리며 그는 시선을 제르가디스 쪽으로 돌렸다.

"이봐, 이봐. 잠깐 기다려."

그는 당황스러워했다.

"나도 싫어. 징징 짜는 여자를 품는 건 내 취미가 아니야."

"그런…."

졸프가 울 것 같은 목소리를 냈다.

에이, 훌쩍거리지 마! 애도 아니면서!

안심한 순간 나는 성미가 되살아났다.

"도리가 없군."

아, 부활했다.

"다른 수단을 쓸 수밖에."

부활하지 마!

"자, 그럼…."

졸프는 어디선가 손수건 정도 크기의 천을 한 장 꺼냈다.

"어, 어떻게 할 생각이야?!"

내 말을 무시하고 졸프가 뒤쪽으로 다가왔다.

"잠자코 있지 말고 뭐라고 말 좀 해우웁!"

갑자기 재갈이 물렸다.

"자, 이걸로 이제 아무 말도 할 수 없을 터."

그는 그렇게 말하면서 정면으로 되돌아왔다.

"그럼…."

대체 무슨 짓을….

졸프는 기분 나쁜 미소를 짓더니 입을 열었다.

"꼬맹이."

"웁…!(뭐…?!)"

"호박."

"으읍!(너!)"

"어린애."

"절벽."

"말괄량이."

"공주병."

"도토리."

"빼순이."

기타 등등, 기타 등등.

졸프의 욕은 계속되었다.

빌어먹을, 열받아!

말만 할 수 있다면 욕 싸움에서 결코 밀리지 않을 텐데.

뭐야, 뭐야! 너도 충분히 다리가 짧고 게다가 게걸음이잖아! 성격도 나쁘고 무엇보다 센스가 없어! 아마 붕대 아래 얼굴도 뻔할 거야. 그런데… 그런데… 그걸 전부 제쳐두고 남의 성격이 어떠니, 몸매가 어떠니….

네가 그렇게 말할 자격이 있어?!

"꽤 효과가 있는 모양이군."

제르가디스가 말했다.

꽤 어이없어하는 말투였다.

"하지만… 애들 싸움도 아닌데… 최소한 좀 더 뭐랄까…."

"저질이란 말에 대한 앙갚음입니다!"

졸프는 상당히 흥분한 상태였다.

물론 나는 그 이상으로 열받아 있었다.

"XX! XXXX! XXXXXXXX!"

나는 욕으로 싸움이 붙으면 칼부림이 날 만큼 욕을 잘한다. 하지만 지금은 재갈 때문에 "우읍, 우읍!" 하는 소리밖에 들리지 않았다.

"어때, 분하지? 메롱이다! 분하면 뭐라고 말해봐! 자, 자!"

이… 이 녀석은…!

"읍읍…! 우우우읍!(너, 용서 못 해!)"

언젠가 반드시 복수하고 말 테다!

이윽고 어둠이 드리워졌다.

작은 채광창을 통해 비쳐 든 엷은 오렌지색 빛이 건너편 벽에 기대어 있는 고대의 성인상을 비추었다.

시간이 흘렀다.

빛은 서서히 그 힘을 잃더니, 이윽고 푸르스름한 어둠이 내가 있는 방과 세상을 지배했다.

그 후 녀석들은 더 이상 날 어떻게 하지 않고 그냥 방에서 나가 버렸다.

나는 여기에 홀로 남겨졌다.

물론 램프로 뭐고 아무것도 없어서 이곳의 광원은 유일하게 창에서 새어 드는 별빛뿐이었다.

손목이 너무 아팠다.

천장에 매달린 채 잘 수 있을 만큼 신경이 무디지는 않은데 낮의 피로 때문에 꾸벅꾸벅 졸기 시작했다.

어느 정도 지났을까.

문이 소리도 없이 열렸다.

그 순간 나는 잠에서 깼다.

누군가 방에 들어왔다.

"조용히 해."

속삭이는 듯한 목소리의 주인은 제르가디스였다.

하지만 어째서 '조용히' 하지 않으면 안 되는 것일까?

어두워서 잘 보이지는 않지만 그는 무언가를 들고 있는 듯했다.

흰빛이 번득였다.

"……!"

나는 바닥으로 쿵 떨어졌다.

"네 검과 망토다."

"뭐?"

재갈을 풀고 나는 그것을 받아 들었다.

틀림없이 내 물건이었다.

"어째서?"

"설명하고 있을 틈이 없다. 도망치기 싫어?"

그렇게 물으면 대답은 하나뿐이다.

나는 말없이 고개를 젓고 검과 망토를 받아 들었다.

"따라와라."

나는 발소리를 죽인 채 제르가디스의 뒤를 따라갔다.

아무리 생각해도 함정 같았지만 어떤 형태의 함정이든 간에 천장에 매달려 있는 것보다는 나을 터.

얼마 지나지 않아 우리는 밖으로 나왔다.

달빛은 검게 우거진 울창한 숲과 낡고 허름한 성당 건물을 환히 비추었다.

그 숲을 향해 외길이 뻗어 있었다.

"가."

제르가디스가 말했다.

"하지만…."

나는 주저했다.

너무나도 이유 없는 친절이었다. 나는 그런 것은 믿지 않는 편이었다. 이유 없는 친절이 좋게 끝난 예는 거의 없었다.

"사정이 바뀌었거든."

그는 조금 초조하게 들리는 목소리로 말했다.

"어쨌든 어서 가!"

"알았어."

함정이라면 함정에 빠졌을 때 생각할 일!

나는 숲을 향해 달렸다.

하지만….

도중에 발길이 멎었다.

숲 입구에 붉은 어둠이 엉겨 있었다.

뒤쪽에서 제르가디스가 혀를 차는 소리가 뚜렷하게 들렸다.

적법사 레조. 우리에게 그렇게 밝힌 남자가 그곳에 서 있었다.

"무슨 속셈입니까? 제르가디스. 그 여자를 풀어주다니."

레조가 말했다.

"당신은 지금까지도 그다지 고분고분하지 않긴 했습니다만…
이것은 명백한 반역 행위입니다."

"닥쳐!"

제르가디스가 외쳤다. 반쯤은 될 대로 되라는 투였다.

그는 분명히 레조를 겁내고 있었다.

"이제 너에게 협력하는 것은 넌덜머리가 나!"

"호오… 그렇습니까?"

레조가 조용히 말했다. 그의 표정은 처음 만났을 때와 차이가
없어서 대체 무슨 생각을 하고 있는지 전혀 읽을 수 없었다.

"'힘'을 준 은혜도 잊고 당신을 만들어낸 제게 거역하겠다는 겁
니까?"

뭐?!

"'은혜' 좋아하시네! 분명 힘이 필요하다고 하긴 했어. 하지만
키메라로 만들어달라고 부탁한 적은 없다고!"

"그것이 힘을 손에 넣는 가장 쉬운 방법이었으니까요. 뭐, 하지
만 이유와 경과가 어찌 되었든 결과로서 이렇게 되고 만 이상 결
판을 내지 않으면 안 되겠군요."

"큭!"

제르가디스는 다가오더니 갑자기 뒤에서 날 껴안았다.

"뭐… 뭐야!"

그는 그대로 나를 질질 끌고 전진했다.

레조가 코웃음 쳤다.

"여자를 방패로 삼을 생각입니까?

어리석은 짓을…. 그런 짓으로 절 어떻게 할 수 있다고 생각합니까?"

"생각하지 않아, 그런 건!"

절반 이상은 될 대로 되라는 식으로 제르가디스가 외쳤다.

아마도 내심 공포를 얼버무리기 위해서일 것이다. 하지만….

다 좋은데 귓전에서 고래고래 소리는 치지 말아줬음 좋겠어.

"이 녀석을 방패로 삼으면 도망치는 것은 불가능하겠지. 방패로 삼는다면 말이야."

그는 조금 의미심장하게 말했다.

동시에 나의 몸이 공중에 둥실 떠올랐다. 이봐, 설마…!

"우왁!"

역시!

난 날아갔다.

제르가디스가 나를 레조에게 집어 던진 것이다!

당연히 이 사태에는 레조도 놀랐다. 그는 당황해서 그곳에서 물러섰다.

숲속 나무가 눈앞에 달려들었다.

히이익!

나는 당황해서 공중에서 팔다리를 휘저었다. 자세를 바로잡을 생각이었지만 허사였다.

콰직.

정면으로 충돌했다.

나는 반사적으로 나무를 붙들었다.

아프다.

"코알라."

나는 아픔을 잊기 위해 부질없는 개그를 한 방 날렸다.

"바보 같은 소리 좀 하지 마!"

사이를 두지 않고 제르가디스가 뒤쪽에서 다시 나를 안아 들었다. 집어 던지고 나서 내 뒤를 따라 달려 레조의 옆을 통과한 모양이다.

동시에 후방으로 파이어볼을 날렸다. 물론 레조의 추격을 피하기 위해서다.

"그렇게 막 다루지 마!"

"불만은 나중에 들을게!"

제르가디스는 다시 파이어볼을 여러 발 뿌리면서 나를 품에 안은 채 어둠 속을 질주했다.

"겨우 따돌린 것 같군."

제르가디스가 겨우 한숨을 돌린 것은 슬슬 동이 틀 무렵이었다.

숲속에 있는 시냇가였다.

대로에서 좀 떨어져 있는 데다 근처에 조그만 폭포도 있어서 조금 큰 소리로 이야기를 해도 들릴 걱정은 없는 듯했다.

아아, 정말 체력 좋은 남자다.

나를 안고 밤새 달린 것이다.

그동안 나는 아픈 손목과 콧등을 쓰다듬고 있었을 뿐이다.

"코가 아파."

내가 말했다.

"왜? 매독이야?"

그는 태연히 말했다.

"너 말이야."

나는 철퍼덕 주저앉았다. 돌의 냉기가 기분 좋았다. 이대로 드러누워서 푹 잘 수 있다면 얼마나 좋을까.

어제는 한숨도 자지 못했다. 피곤할 수밖에 없었다.

나는 남들보다 체구가 작은 대신 순발력과 속도에는 자신이 있었지만 체력과 내구력은 보통 전사들에 비해 상당히 떨어졌다.

"잠깐 잘까? 나도 좀 지쳤으니."

제르가디스가 혼잣말처럼 말했다.

만세!

"자고 있는 동안 도망칠 생각은 마."

그렇게 못을 박아둔다.

"그런 생각은 안 해. 나도 꽤 피곤하고 마력도 아직 조금밖에 회복되지 않았거든."

"호오…."

제르가디스는 감탄했다는 듯 말했다.

"그렇다면 조금은 회복했다는 건가?"

"뭐, 어쨌거나 도망치진 않아. 하지만 자기 전에 상황 정도는 설명해 주지 않겠어?"

제르가디스는 쓴웃음을 지었다.

"그렇긴 하군. 너도 이미 이 일에 말려들었으니까 알 권리 정도는 있겠지. 좋아, 이야기해 주지. 그럼 뭐부터 이야기할까?"

"먼저 그 남자에 대해. 자신을 적법사 레조라고 밝힌…."

"호오, 역시 이미 너희와 접촉했었군."

"누구지, 그 남자는?"

제르가디스는 어깨를 으쓱했다.

"자신이 밝힌 그대로… 틀림없는 '적법사 레조' 본인이야. 세상에서는 성인군자라 불리는 모양이지만, 아까 그 모습이 녀석의 진짜 얼굴이지. 옛날엔 그렇지 않았다는 이야기도 들었지만 과연 어떨지…."

"진짜 얼굴이라고 해도 난 뭔지 모르겠어. 그 사람은 뒤에서 어떤 짓을 한 거지?"

"너도 알잖아, 어떤 물건을 찾고 있었어."

"그럼 마왕 샤브라니구두를 부활시키려 하는 것은 네가 아니라 녀석이었던 거야?"

내가 묻자 제르가디스는 의아한 표정을 지었다.

"샤브라니구두? 그게 무슨 소리야?"

"뭐…?"

"녀석이 우리에게 명해서 찾게 한 것. 기왕 이렇게 되었으니 이야기하는데 실은 그 유명한 '현자의 돌'이라는 물건이야."

익!

나는 말문이 막혔다.

"그… 그럼…."

제르가디스가 조그맣게 고개를 끄덕였다.

"그 신상 속에 '현자의 돌'이 들어 있는 거지."

현자의 돌.

마법을 익힌 사람 중에 그 이름을 모르는 사람은 없을 것이다.

고대의 초마법 문명의 산물이라는 설과, 세계를 지탱하는 '신족의 지팡이'의 일부분이라는 설 등 여러 가지 설이 있는데, 확실한 것은 그것이 마력의 증폭기라는 점이다. 그것도 굉장히 강력한.

'현자의 돌'이 역사상에 등장한 것은 지금까지 불과 몇 번뿐. 즉 그만큼 숫자가 적다는 말이 되겠지만, 이 돌은 등장할 때마다 역사에 적지 않은 영향을 미쳤다. 어떤 견습 마법사가 이것을 사용했다가 한 나라를 멸망시키고 말았다는 기록조차 있을 정도.

거의 전설에 가까운 존재였지만 실존한다는 것은 알고 있었다. 알고는 있었지만 설마 직접 보게 될 줄이야.

"하… 하지만 녀석은 그런 것을 손에 넣어서 대체 무엇을…."

레조가 소문대로 능력을 가지고 있다면 충분히 강할 것이다. 그런데 '현자의 돌'까지 얻으려고 하다니….

"설마 세계 정복을 노리는 건 아니겠지?"

제르가디스는 고개를 저었다.

"아니. 레조가 전에 말한 적이 있어. 자신은 그저 세상을 보고 싶을 뿐이라고 말이야."

"세상을… 보고 싶다고?"

"그래. 소문대로 레조는 태어날 때부터 눈이 보이지 않았어. 그래서 녀석은 눈을 뜨기 위해 백마법을 배우기 시작했지.

백마법을 연구하며 여러 나라를 돌아다니면서 여러 환자를 치료하고 많은 사람들을 구했어.

하지만 다른 사람의 눈을 고칠 수는 있어도 자기 눈만은 어쩔 수 없었어. 그래서 녀석은 생각한 거야. 무언가 부족한 게 아닐까 하고.

그래서 녀석은 정령 마법과 흑마법에도 손을 댔어. 거기에다 백마법을 조합해서 보다 고차원의 마법을 만들어내려고 한 거지.

마법에 있어서 녀석은 천재적인 성장 속도와 재능을 발휘했지 만 그래도 눈을 뜰 순 없었어. 그래서 녀석이 눈독을 들인 것이…
…."

"실존하는지 어떤지도 알 수 없는 '현자의 돌'이었던 거구나."

제르가디스가 고개를 끄덕였다.

"그럼 넌 어째서 레조가 '현자의 돌'을 손에 넣는 것을 방해한 거지? 녀석의 눈이 보이게 된다고 해서 특별히 누군가가 곤란한 것도 아닐 텐데."

"그렇긴 한데… 난 녀석을 방해하고 싶은 게 아니라 녀석을 이기고 싶었어.

그러려면 어떻게든 그 '현자의 돌'이 필요했지. 분하지만 지금 내게는 녀석을 쓰러뜨릴 힘이 없으니까."

표정을 보아하니, 거짓말은 아닌 것 같다.

"그렇게 대단해? 레조가."

그는 말없이 고개를 끄덕였다.

제르가디스 정도의 실력자가 당해내지 못한다고 자인하다니, 당연히 상당한 실력자임이 틀림없었다.

"녀석을 없애려는 건… 역시 녀석 때문에 그런 몸이 되었기 때문?"

"그래. 어느 날 녀석이 내게 말했어.

현자의 돌을 찾는 걸 도와준다면 나에게 힘을 주겠다고.

그래서 나는 고개를 끄덕였어. 그것이 무엇을 의미하는지도 모른 채…."

그의 목소리에는 뚜렷한 증오가 깃들어 있었다.

"언제부터 레조와 알게 되었지?"

분위기를 바꾸려고 한 질문에 제르가디스는 왠지 조소가 섞인 웃음을 짓더니 잠시 뜸을 들이고 나서 말했다.

"내가 태어났을 때부터야. 녀석은 내 할아버지나 증조할아버지에 해당해. 자세한 건 모르겠고 알고 싶은 생각도 없지만."

"뭐?!"

"녀석은 그렇게 보여도 백 살 정도는 됐을 거야. 어쨌거나 내 몸에는 그 착한 척하는 레조의 피가 조금은 섞여 있는 셈이지."

"해선 안 될 질문을 한 걸까."

아, 분위기가 어색하다.

나는 손끝으로 콧등을 살짝 긁었다.

"상관없어, 아무래도."

왠지 슬퍼 보이는 말투였다.

—난처한걸, 이런 분위기는….

"어쨌거나 대충 사정은 알았어."

나는 노력해서 밝은 목소리로 말했다.

"그럼 난 좀 잘게."

그렇게 말하고 벌렁 누웠다.

아, 기분 좋다.

"너도 좀 자두지 그래? 피곤할 텐데."

"그렇긴 한데… 자다가 습격당할 수도 있으니 불침번을 설게. 이따가 깨울 테니까 그때는 네가 불침번을 서도록 해."

"알았어. 그럼 좀 쉴게."

그렇게 말하고 나는 눈을 감았다. 기분 좋은 잠에 빠져들 때까지 그리 많은 시간은 걸리지 않았다.

나는 눈을 떴다.

잠든 뒤로 그리 오랜 시간이 지나지는 않은 듯했다. 태양의 위치와 몸의 회복 정도로 그쯤은 알 수 있었다.

잠에서 깬 것은 살기 때문이었다.

한두 사람이 아니었다.

열 명 정도라면 마법을 쓰지 않고 기척만으로 사람 수를 맞힐 수 있는데 지금은 불가능했다. 그 말인즉슨 적의 수가 그 이상이라는 뜻이다.

"포위되었어."

제르가디스가 담담하게 말했다. 특별히 목소리를 낮추려고 하지도 않았다.

있는 곳이 알려지고 말았으니 그래 봤자 전혀 의미가 없기 때문이다.

"상대는?"

"트롤이 20~30마리 정도. 레조는 오지 않은 것 같으니 어떻게든 될 것 같지만."

다 내려놓은 듯 말했다. 하지만 정말로 괜찮은 걸까?

"그만 나와. 눈치채고 있다는 건 알고 있으니. 슬슬 결판을 내볼까? 제르 두목."

들은 적 있는 목소리가 났다.

나는 자리에서 일어났다. 제르가디스의 말대로 나무 사이로 트롤들의 모습이 언뜻언뜻 보였다.

나는 일부러 큰 소리를 냈다.

"잘 지냈어? 딜기아. 너도 참 힘들겠구나, 일부러 이런 곳까지 원정을 오다니."

내 말에 워울프 하나가 의외로 가까운 나무 그늘에서 그 모습을 드러냈다.

"이름을 기억해 주다니… 영광이군."

"어떻게 잊겠어?!"

나는 똑바로 딜기아를 쏘아보았다.

"고블린보다 매력이 없다는 둥, 사이클롭스 쪽이 더 낫다는 둥, 골렘보다 살결이 거칠다는 둥, 픽시보다 작다는 둥, 나한테 온갖 소리를 다 했잖아!"

"그런 소리까진 안 했어."

"어쨌거나! 그 원한은 날 대신하여 제르가디스가 반드시 갚아 줄 거야! 자! 가라, 제르가디스! 세상이 널 기다리고 있다! 남자 중의 남자, 힘내라!"

"너… 그 성격 어떻게 좀 안 되겠어?"

제르가디스가 도끼눈으로 이쪽을 바라보면서 말했다.

"안 돼."

나는 말했다.

특별히 하고 싶어서 한 말도 아니었다. 이것은 어디까지나 적의 기세를 죽이기 위한 작전이었다.

사실이라니깐….

"딜기아, 넌 나에게 충성을 맹세하지 않았었나?"

제르가디스가 물었다. 말 속에 은근한 노기가 서려 있다.

그 말을 워울프는 코웃음으로 날려버렸다.

"내가 충성을 맹세한 것은 '제르가디스'가 아니라 '적법사가 만든 광전사'를 향해서야. 네가 레조 님을 배반한 이상 이미 넌 나에게 있어서 적 이외의 아무것도 아닌 셈이지!"

"호오…."

제르가디스가 눈을 가늘게 떴다. 이런 표정을 지으면 이 남자는 정말로 '마전사'의 풍모가 된다.

"설마 워울프 나부랭이가 나를 이길 수 있다고 생각하는 것은 아니겠지?"

"워울프 나부랭이?

그럼 그 워울프 나부랭이의 힘을 보여주지. 쳐라!"

딜기아가 외쳤다.

무장한 트롤의 무리가 단숨에 거리를 좁혀왔다.

멍청한 녀석!

제르가디스는 작게 미소 짓더니 오른손을 높이 치켜들었다.

그리고 눈에 보이지 않는 무언가를 오른손에 든 채 땅을 내려치는 자세를 취했다.

"다그 하우트!"

이익!

나는 황급히 제르가디스 옆으로 달려갔다.

대지가 일렁였다.

물결처럼 요동치고 격렬하게 파도쳤다.

트롤들은 완전히 혼란에 빠졌다.

"하하하!"

제르가디스는 광기 어린 미소를 지으면서 다시 높이 오른손을 치켜들었다.

"대지여, 나의 뜻에 따르라!"

바위와 흙이 제르가디스의 부름에 응했다.

물결치고 요동치던 대지는 눈 깜짝할 사이에 무수한 송곳으로 변해 트롤의 무리를 바로 밑에서부터 꿰뚫었다.

승부는 한순간이었다.

트롤들은 땅이 만들어낸 수십 개의 창에 찔려 꼬치가 되었다. 아직 숨이 끊기지 않은 녀석들도 많았지만, 아무리 강한 생명력을 가지고 있다 한들 관통된 상태에서 상처를 회복할 수 있을 리 없었다. 서서히 힘을 빼앗겨 이윽고 죽음에 이를 것이다.

고통을 주면서 서서히 죽이는 것이나 마찬가지 결과였다.

뭐라고 한마디 해줄까 생각도 했지만 그리 남 말 할 입장이 아니기에 잠자코 있었다. '리커버리'를 역응용한 주문으로 졸프가 이끄는 트롤들을 해치운 것이 바로 얼마 전의 일이었기에.

"자…."

제르가디스는 얼음장 같은 미소를 지은 채 말했다.

"어서 보여주지 그래, 너의 힘이 얼마나 강한지. 아니면 방금 기

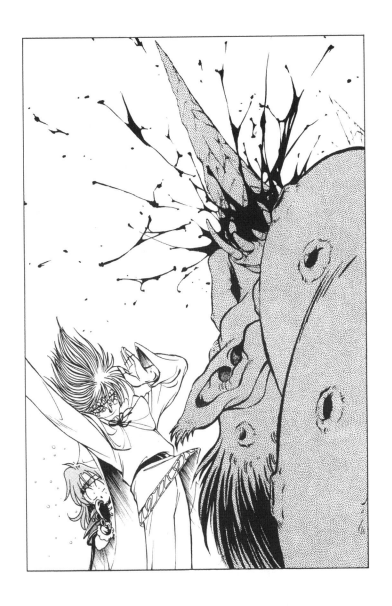

술에 겁을 먹었나?"

"칫…."

하늘을 향해 솟아 있는 돌 창의 그늘에서 딜기아가 모습을 드러냈다.

"과연 '레조의 광전사'로군. 너에게 정령 마법이 있는 한 나에게 승산은 없는 것 같다."

"호오오…."

제르가디스가 놀리듯 말했다.

"마치 검으로라면 나에게 이길 수 있다는 말처럼 들리는군."

"그런 뜻으로 말했다."

딜기아도 웃었다.

"그럼 시험해 볼까?"

제르가디스가 스윽 검을 뽑았다.

"어차피 불리해지면 마법을 쓸 생각이겠지."

딜기아는 아직 검을 뽑지 않았다.

"그런 짓은 안 해."

"정말?"

"그래."

"그럼 후회하게 될 텐데?"

워울프는 등에 멘 검을 스릉 뽑았다.

크게 뒤로 젖혀진 도신이 흉포한 빛을 내뿜었다.

상당히 기다란 시미터였다.

멍하니 서 있다간 싸움에 휘말릴 것 같았기에 나는 조금 뒤로 물러섰다.

"카악!"

짐승의 기합 소리를 내며 딜기아가 질주했다.

제르가디스도 도약했다.

정면으로 워울프를 맞이했다.

두 사람의 검이 문자 그대로 불꽃을 튀겼다.

칼날을 마주한 채 제르가디스가 조금씩 워울프를 밀어붙였다.

"핫핫, 뭐 하는 거냐? 딜기아, 검이라면 지지 않는다며?"

"지금부터야, 제르 두목!"

딜기아는 시미터를 가볍게 비틀어 제르가디스의 브로드 소드의 힘의 방향을 바꾸었다.

도신이 약간 비켜난 것을 확인하자 그는 옆으로 빠지면서 시미터를 휘둘렀다. 제르가디스는 몸을 가로로 베는 일격을 종이 한 장 차이로 피했다.

"제법이군."

"그렇게 말해주니 기쁘군."

내가 보기에 검의 기술은 거의 대등했다. 하지만 딜기아에겐 제르가디스만큼의 여유가 없었다.

아마도 '불리해지면 상대는 마법을 쓸 수 있다'는 것이 그 원인일 것이다.

누구든 좋으니 힘내라.

어느 쪽이 이기든 나에게 좋은 것은 없었다. 레조의 인질이 되든, 제르가디스의 인질이 되든 녀석들에게 있어서 난 '현자의 돌'을 손에 넣기 위한 도구에 불과할 테니까.

두 사람이 조금씩 간격을 좁혔다.

이 틈에 도망치는 방법도 있었지만 제르가디스에게 들킨다면 그땐 정말로 마법의 비를 선사받게 될 것이다.

"하앗!"

딜기아가 움직였다. 옆으로 도약하여 하늘로 솟아 있는 흙기둥을 있는 힘껏 시미터로 베었다.

애당초 마법으로 만들어진 불안정한 물건이었기에 쉽게 무너지면서 토사가 되어 제르가디스가 있는 쪽으로 쏟아졌다.

"우와."

저도 모르게 소리를 내면서 몸을 피했지만, 제2, 제3의 흙기둥이 대량의 토사가 되어서 붕괴하기 시작했다.

딜기아는 다시 몇 개의 기둥을 무너뜨렸다.

뿌연 흙먼지가 제르가디스의 모습을 완전히 뒤덮었다.

그 안으로 맹렬하게 딜기아가 뛰어들었다.

"콜록콜록!"

구경에만 전념하던 나는 흙먼지를 마시고 심하게 콜록거렸다.

"푸풋."

나는 숨을 멈추고 급히 품속에서 손수건을 꺼내 코와 입을 가렸다.

아… 눈 아파.

그러는 틈에 두 사람이 흙먼지 속에서 뛰쳐나왔다.

흙먼지도 서서히 가라앉았다. 아무래도 딜기아의 눈속임은 그리 도움이 되지 않은 모양이었다.

…과격한 짓을 벌이는 것치곤 별로 생각이 없다.

흔히 있는 타입이다.

"쓸데없는 짓 좀 하지 마."

제르가디스가 말했다. 모멸감이 섞인 말투였다.

"잘도 그런 걸로 잘난 척했군. 감탄했어, 정말."

"닥쳐!"

딜기아가 다시 공격했다.

흥.

콧방귀를 뀌며 웃던 제르가디스가 순간 비틀거린 듯 보였다.

하지만 다음 순간 딜기아가 몸을 가누지 못하고 크게 헛발을 디뎠다.

두 사람이 교차했다.

제르가디스의 검이 딜기아의 어깨를 베었다.

나는 이해했다.

방금 제르가디스가 비틀거린 것처럼 보였던 그때, 그는 하반신이 흙먼지에 가려져 있는 것을 이용해서 딜기아를 향해 발밑의 돌을 걷어찼던 것이다.

물론 그걸로 대미지를 입을 정도는 아니었지만 달려오는 워울프의 균형을 무너뜨리기에는 충분했다.

"뭐 해, 후회하게 해준다고 하지 않았어?"

왼쪽 어깨에서 피를 흘리는 워울프에게 제르가디스가 놀리는 투로 말했다.

"그럼 그렇게 해줄까?"

딜기아가 웃었다.

나는 눈을 크게 떴다. 그리고 제르가디스도.

워울프의 상처가 조금씩 아물어갔다.

잠시 그 광경에 눈을 빼앗긴 틈에 상당히 컸던 상처는 완전히 치료되고 말았다.

그리 많은 시간이 걸리지도 않았다.

"내가 트롤과 늑대의 혼혈이라는 것을 잊었나? 만약 약속대로 검으로 날 쓰러뜨릴 생각이라면 일격에 목을 날려야 할걸? 뭐, 무리겠지만…."

그가 트롤만큼의 재생 능력을 가지고 있다면 검으로는 쓰러뜨릴 방법이 없다.

"그렇군. 그걸 까맣게 잊고 있었어."

제르가디스는 당황한 기색도 없이 말하더니 검을 고쳐 쥐고 이번엔 직접 달려들었다.

"하앗!"

제르가디스가 브로드 소드를 높게 들어 올렸다.

안 돼!

배가 허점투성이다.

그걸 놓칠 딜기아가 아니었다.

"카앗!"

시미터가 멋지게 제르가디스의 배를 갈랐다.

피가 뿜어 나오겠지….

생각했는데.

단단한 소리가 날 뿐이었다.

제르가디스는 태연한 웃음을 지었다.

"너도 잊은 모양이군, 나도 3분의 1은 골렘이라는 것을. 만약 검으로 나를 쓰러뜨리고 싶다면 '빛의 검'이라도 가져오도록 해. 결국 네가 아무리 발버둥 쳐도 날 쓰러뜨릴 수는 없겠지만."

딜기아의 얼굴에 절망의 빛이 떠올랐다.

"어떡할래? 이대로 싸우다 죽을래, 아니면 도망쳐서 레조한테 울면서 매달릴래? 좋은 쪽을 선택하도록 해."

"칫!"

워울프는 후퇴하면서 품속에서 돌멩이 같은 것을 꺼내 집어 던졌다. 제르가디스는 반 발짝 옆으로 움직여 그것을 피했다. 돌멩이는 허무하게 강물에 떨어져 소리를 낼 뿐이었다.

"두고 보자!"

진부한 대사를 남기고 딜기아는 숲속으로 모습을 감추었다.

제르가디스는 쫓으려고도 하지 않고 그저 지켜보기만 했다.

"시시하군."

그는 그렇게 말하고 조금 헝클어진 머리카락을 쓸어 올렸다.

짝짝짝.

나는 승자를 박수로 맞이했다.

"와, 과연 제르가디스 대선생. 강하십니다! 훌륭해요!"

당연하지만 제르가디스는 그다지 좋은 표정을 짓지 않았다.

"너 말이야."

"칭찬해 준 거야."

"아, 그러셔?"

말다툼을 단념하고 그는 성큼성큼 강 쪽을 향해 걷기 시작했다.

"어디 가는 거야?"

"물 좀 마시려고."

퉁명스럽게 대답한다.

"아, 나도 세수 좀 해야지."

나는 잰걸음으로 제르가디스를 뒤따랐다. 좀 전의 마법 때문에 땅이 울퉁불퉁해져서 걷기 힘들었다. 그래도 강가에 도착하자 장갑을 벗고 차가운 물에 양손을 적셨다.

우웅, 차가워서 기분 좋아.

음?

이것은…?

"마시면 안 돼! 독이 들어 있어!"

내 목소리에 놀라 제르가디스는 입에 머금었던 물을 내뿜었다.

"뭐… 뭐라고…?"

"독이 들었어, 독! 자!"

나는 우리가 있는 곳에서 조금 떨어진 수면을 가리켰다. 물고기 몇 마리가 물에 흘러가고 있었다. 결코 헤엄치고 있는 것으론 보이지 않았다.

"하지만 대체 누가…?"

"아마 딜기아겠지. 도망치면서 돌멩이 같은 걸 던졌잖아. 처음부터 네가 물을 마실 거라 예측하고 독이 든 병 같은 걸 던진 거겠지."

"호오."

묘한 데선 머리가 잘 돌아간다.

"딜기아 녀석, 생각보다는 머리가 좋은 것 같군."

"감탄할 일이 아니잖아. 아무튼 이제 우리가 있는 장소는 레조에게 들키고 말았어.

—앞으로 어디로 도망칠지 목적지는 있어?"

"그런 건 없어."

제르가디스는 딱 잘라 말했다.

"어쩔 수 없지. 그럼 날 따라와."

그렇게 말하고 나는 걷기 시작했다.

목적지는 아트라스 시티.

목적은 가우리와 재회하는 것.

그러면 사태도 조금은 바뀔 것이다.

뭐, 그건 둘째치고….

처음엔 '막대한 보물'이니 '마왕의 부활'이니 하는 큰 사건 같더니만 막상 뚜껑을 열어보니 한쪽은 눈의 치료, 다른 한쪽은 복수.

이야기의 규모가 꽤 작아지고 말았다.

레조의 추격은 집요했다.

추격자는 오전 중에 두 번 왔다.

점심 식사 중에도 왔다.

오후에도 두 번 왔다.

저녁 식사 중에도 역시 왔다.

당연히 잠든 뒤에도 왔다.

적당히 좀 해!

정말 이만한 숫자가 어디에서 솟아나는지 신기할 정도로 잇달아 찾아왔다.

마치 히드라의 목을 보는 것 같다.

종류도 풍부했다.

트롤, 고블린, 사이클롭스, 버서커, 오거, 기타 등등, 기타 등등.

추격이라기보다는 몬스터 총집합 퍼레이드란 느낌이다.

그리고 오늘.

우리 두 사람 앞에 추격자가 나타났다.

무리를 이끌고 있는 것은 낯익은 워움프 딜기아.

그리고 처음 보는 얼굴이 여럿.

그중 한 사람은 마족으로 보였다.

그 외에도 워먼티스(곤충 인간)와 듀라한(사령 기사) 등이 있었고, '그 밖의 다수'로서 오거, 버서커 등이 대략 50여 명.

"성대한 환송이군."

제르가디스가 말했다. 하지만 그 목소리에는 여느 때의 여유가 없었다.

즉 이번엔 상당히 강력한 인원 구성이라는 것을 의미했다.

"여어, 제르 두목."

딜기아가 한 걸음 앞으로 나섰다.

"지난번에 신세를 져서 답례를 하러 왔어."

꼭 있어, 이런 녀석이.

쪽수가 많으면 갑자기 기세등등해지는 녀석.

이런 녀석을 보면 나도 모르게 파이어볼을 한 방 날려주고 싶어진다.

"분명 넌 강해. 하지만 이렇게 많은 사람을 상대로 혼자 싸워 이길 수 있을까?"

"잠깐."

나는 한 발 앞으로 나섰다.

"누구 하나 잊은 것 아니야?"

딜기아가 의아한 표정을 지었다.

"누구?"

이, 이 녀석은!

"나 말이야, 나!"

"네가 있다고 해서 뭐가 달라지는데?"

완전히 무시하고 있다.

여기선 내 실력을 한번 보여줄 수밖에.

"이봐, 전력을 다하지 마."

내 마음을 꿰뚫어 본 듯 때맞춰 제르가디스가 말했다.

"어째서?"

"힘을 다 쓴 후에 다음 부대나, 경우에 따라 레조가 직접 오면 그야말로 한주먹 거리도 안 될 테니까."

"그렇군. 알았어."

그렇다면 결국 이번에도 지루한 싸움이 되는 셈이다.

우웅~ 쌓인다, 쌓여.

뭐, 어쩔 수 없지.

나는 허리에서 검을 뽑았다.

"그런데 어떻게 녀석들은 우리 위치를 아는 거지?"

나는 문득 떠오른 의문을 입 밖에 냈다.

기본적으로 아트라스 시티를 향하고는 있었지만 그 점을 들키지 않기 위해 길을 이리저리 바꾸었다. 하지만 그런데도 정확히 추격해 왔던 것이다.

"그야… 내가 있기 때문이지."

제르가디스가 당연한 듯 말했다.

"뭐?"

난 무심코 그의 얼굴을 바라보았다.

"말했잖아, 내 몸은 레조의 마법으로 합성되었다고."

아, 그렇군.

즉 제르가디스의 몸 자체가 마법의 표식이 되는 셈이었다.

나는 마법 탐색을 봉하는 주문을 쓸 수 있었지만, 그러려면 먼저 대상이 되는 존재의 마법적인 구조를 알아야만 했다.

즉 제르가디스를 레조의 눈에서 감추려면 그가 합성되었을 때의 과정을 알아야 한다. 하지만 그 기술은 틀림없이 적법사만의 비법. 아무리 천재 미소녀인 나라도 그것을 눈 깜짝할 사이에 밝혀내기란 불가능했다.

"그럼 어찌 되었든 조만간 적법사와 결판을 내지 않으면 안 되겠구나."

"그런 셈이지."

아아, 난처하다.

이 남자와 함께 행동하게 된 건 실수였는지도 모르겠다.

뭐, 그래도 성당 천장에 매달려 있는 것보다는 조금 낫다고 생각하지만.

하지만 이렇게 되고 만 이상 후회해도 소용없다.

좋아, 해보자!

나는 입 속으로 작게 주문을 외기 시작했다.

"파이어볼!"

내가 내뿜은 일격이 전투 개시의 신호가 되었다.

가슴 앞에 양손을 모으는 예비 동작 없이 뿜어낸 일격이었다.

그 바람에 힘은 약간 떨어졌지만 기습을 하는 형태였기에 상당수의 오거가 불에 휩싸였다.

적이 단숨에 밀려들었다.

"디그 볼트!"

난 그곳을 향해 다음 공격 마법을 쏟아부었다.

목표는 선두에 서있는 마도사 영감! 노인은 공경해야 한다지만 내 목숨을 노리는 경우에야 그럴 수 있나! 일찌감치 박살을 내 놓아야 나중에 귀찮은 일이 안 생긴다!

하지만 나의 일격은 생각보다 빠른 영감의 움직임에 간단히 빗나갔고, 대신 뒤에 있던 광전사를 한 사람 제사지냈을 뿐이었다. 오히려 상대의 주의를 내게 끌어오고 말았다.

아니나 다를까, 마도사는 날 향해 진로를 변경했다.

녹색 로브를 몸에 두른 민머리 노인으로, 코 아래는 하얀 수염으로 가려진 모습. 눈동자 색이 옅어서 검은자위가 없는 것처럼 보인다, 무서워.

어디 올 테면 와봐라!

"플레어 애로!"

주문과 동시에 눈앞에 열 개 가까운 불화살이 출현했다.

"GO!"

정면, 좌우, 그리고 위에서 동시에 불화살이 마도사를 향해 날아갔다.

도망칠 수 없어야 정상인데.

마도사가 속도를 높였다.

"카악!"

마도사는 기합과 함께 정면에서 날아오는 불화살을 손바닥으로 막았다.

견제용 불화살은 허무하게 공중을 갈랐다.

간격이 단숨에 줄어들었다.

다른 녀석들은 모두 제르가디스 쪽으로 가 있었다.

힘들겠어, 제르가디스도.

나도 그렇지만.

꽤 버거운 상대로 보였다.

노인이라고 마음을 놓을 수가 없구먼.

"후웁!"

도대체 어느 틈에 주문을 외웠는지 그의 손바닥에서 불꽃의 채찍이 뻗어 나왔다.

나는 검에 냉기의 주문을 걸어 그 채찍을 공중에서 베어냈다.

약간의 거리를 두고 두 사람은 대치했다.

"나 조롬에게 시비를 걸다니 정말 건방진 꼬마로군."

어디서 말이 나오는지는 알 수 없었지만 어쨌거나 녀석은 그렇게 말했다.

"나, 리나를 상대하려 들다니 정말 목숨 아까운 줄 모르는 녀석이네."

나도 지지 않고 맞받아쳤다.

그가 조금 낮게 웃었다.

나는 손바닥을 가슴 앞에 모은 채 뒤로 펄쩍 뛰면서 주문을 외웠다.

"'파이어볼'인가? 소용없는 짓을!"

조롬이 다가왔다.

"소용없는지 어떤지는…."

생겨난 작은 빛의 구슬을 양손으로 감싸는 형태로 자세를 취한 나는….

"해보면 알아!"

빛의 구슬을 조롬에게 집어 던졌다.

"하아앗!"

그는 새처럼 가볍게 공중으로 떠서 빛의 구슬을 별 어려움 없이 피했다.

"말했잖아, 소용없다고!"

파이어볼은 앞에서도 말했지만 맞아야만 폭발한다. 빗나가면 죽도 밥도 되지 않는다.

하지만….

훗!

나는 오른손 엄지를 세워서 내 쪽을 가리켰다.

입가에는 작은 웃음.

"음?"

사뿐히 땅에 내려선 조롬의 등에…

파이어볼이 작렬했다!

"쿠아악!"

폭발했다!

"난 단순한 파이어볼이라고 말하지 않았어!"

타오르는 불꽃을 향해 말했다.

마법을 배우면서 얼마 동안 재미 삼아 여러 가지 마법의 변형을 만든 적이 있었다.

방금 것도 그중 하나다.

"방심은 금물이랬어. 그럼 난 제르가디스나 도우러 가볼까."

망토를 펄럭이며 난투극의 소용돌이를 향해 달려가려던 그때 ….

살기가 일었다.

반사적으로 왼쪽으로 도약했다. 하지만 이미 늦었다.

"아욱!"

오른팔에 통증이 일었다.

여러 개의 은 바늘이 내 오른팔을 관통했다.

나는 당황해서 돌아보았다.

조롬이 그 자리에 서 있었다.

"아무도 죽었다고 말하지 않았어. 방심은 금물이야, 꼬맹아."

놀리는 듯한 말투였다. 아니, 분명 놀리는 것이리라.

"제법이더군. 하지만 물질을 매개로 한 정령 마법으론 날 이길 수 없어."

…뭐….

그 말을 듣자 말문이 막혔다.

정령마술이 통하지 않는다면, 혹시, 이 녀석은…

외견이 약간 이상한 영감이 아니라 순수마족인가!?

그렇다면 화염 마술이 먹힐 리가 없다.

젠장, 적의 정체를 잘못 재다니, 분하지만 이건 분명 내가 방심한 탓이다.

오른손은 거의 움직일 수 없다.

"그럼 이번엔 내가 간다!"

그의 양손에서 불꽃의 채찍이 뻗어 나왔다.

왼쪽은 머리를, 오른쪽은 발을 노리고 공격해 왔다.

"이까짓 것!"

나는 냉기의 주문이 실린 검을 왼손에 고쳐 쥐고 머리를 노리던 채찍을 튕겨냈다. 그리고 발을 노리는 쪽은 줄넘기하듯이 뛰어넘었다.

이래 봬도 옛날엔 '줄넘기의 달인 리나'라는 한심한 별명으로 불린 적도 있었다.

하지만.

내가 뛰어오른 그 순간.

조롬의 뺨이 벌어졌다.

그곳에서 몇 줄기의 은빛 광선이 나를 향해 날아왔다.

피할 수 없다!

카앙!

어…?

은 바늘이 날카로운 소리와 함께 땅에 떨어졌다.

마치 전설의 주인공 같은 타이밍으로 나타난 것은….

"여! 또 만났구나, 꼬맹아."

윙크 한 번.

"가우리!"

나도 모르게 그 이름을 외쳤다.

4. 이번에야말로 내 실력을 보여주겠다!

"호오… 동료인가?"

조롬의 질문에 가우리는 고개를 좌우로 저었다.

"'동료'는 무슨, 난 이 애의 '보호자'다."

"흠… 뭐, 아무래도 좋아. 어쨌거나 네가 적이라는 사실엔 변함이 없으니까."

"그렇겠지, 노인장."

"그럼 너부터 해치워 주마."

"그럴 수 있을까?"

말이 끝나자마자 가우리는 달려 나갔다.

"하앗!"

가우리는 기합과 함께 날아온 불꽃의 채찍과 은 바늘을 가볍게 피하고 단숨에 거리를 좁혔다.

검이 번득였다.

빠르다!

옆에서 보고 있는데도 칼이 보이지 않을 정도였다.

가우리가 싸우는 모습을 느긋하게 보는 것은 이번이 처음이었지만 이렇게 훌륭한 솜씨일 줄이야….

나도 보통 전사보다는 검을 능숙하게 다루지만 가우리는 격이 달랐다.

그는 한순간에 조롬의 머리를 베었다.

하지만….

"핫!"

가우리는 등 뒤에서 날아온 은빛 광선을 멋지게 튕겨냈다.

"호오, 젊은 것치곤 제법인데?"

조롬은 아무 일도 없었다는 듯 말했다.

"뭐야, 마족이었군."

가우리 또한 아무 일도 아니라는 듯 말했다.

상황을 이해하고 있긴 한 걸까? 정말….

"하지만 젊은이, 그걸로는 날 벨 수 없다."

그 말대로였다.

레서 데몬이나 브라스 데몬 같은 반마족이라면 몰라도, 이 녀석처럼 순수한 마족은 아스트랄 사이드에 속해 있는 존재였다. 그것을 물질로 멸하는 것은 불가능했다.

파마(破魔)의 부적이 잔뜩 깃들어 있는 쓸 만한 마법검이라면 조롬을 상처 입히는 정도는 가능하겠지만, 가우리의 검은 좋은 물건이긴 해도 단순한 검에 불과했다.

나의 검에도 애뮬릿이 조합되어 있긴 하지만 이것으로는 역부족이었다.

조롬이 지적한 것은 그 점이었다.

어쩔 수 없지. 여기선 내가 힘을 좀 쓸 수밖에….

"벨 수 있어."

가우리가 딱 잘라 말했다. 상황을 제대로 알고 있긴 한 거야, 이 남자는?!

"호오…."

조롬은 완전히 바보 취급하는 듯한 어조로 말했다.

"그럼 베어보지 그래. 할 수 있다면 말이야."

"그럼 사양하지 않고…."

가우리는 무슨 생각을 했는지 검을 칼집에 넣고 대신 품속에서 바늘을 하나 꺼냈다.

"설마 그 바늘로 날 쓰러뜨리겠다는 건 아니겠지?"

"설마."

가우리는 웃으면서 칼자루를 왼손으로 고쳐 잡았다.

"바늘로 '베는' 게 가능할 리 없잖아?"

"그렇군. 말 되네. 그럼 그걸로 어떻게 할 생각이지?"

"이렇게 할 생각이야."

그는 오른손에 쥔 바늘로 왼손에 들고 있는 칼자루를 쿡 하고 찔렀다.

어…?

도신을 자루에 고정하는 고정쇠가 있는 부분이었다. 쉽게 말해 가우리는 자루와 도신을 분해하려는 셈이었다.

가우리는 바늘을 품속에 넣었다.

"이제 알았지?"

어떻게 알아, 그런 걸!

하지만 가우리의 저 여유작작한 태도. 어지간히 자신이 있거나, 바보이거나 둘 중 하나일 것이다.

"젊은이, 자네가 한 말은 하나도 못 알아듣겠는데…?"

"그럼 이건 어때?"

가우리는 칼자루를 오른손에 쥐고 찌르는 시늉을 해 보였다.

너, 바보냐?!

"잘 알았다, 네가 얼마나 멍청한 녀석인지!"

조롬이 외쳤다. 나타난 십여 개의 불화살이 단숨에 가우리를 향해 날아갔다.

"이까짓 것!"

굉장하다!

그렇게 많은 수의 불화살을 모두 피했다.

하지만 상대의 공격을 아무리 잘 피한다고 해도 그걸로 상대가 쓰러질 리는 없다.

가우리는 거리를 단숨에 좁혔다.

"빛이여!"

가우리가 외쳤다.

나는 눈을 크게 떴다.

조롬이 경직됐다.

경직된 채 두 동강 났다.

비명조차 지를 틈도 없이.

이번에야말로 진정한 최후가 조롬에게 찾아왔다.

가우리가 오른손에 들고 있는 검, 도신을 떼어냈던 그 검에 빛의 칼날이 생겨나 있었다.

"빛의… 검…."

그렇다.

내 눈앞에 있는 그것은… 가우리의 오른손에서 찬연히 빛나는 그것은….

틀림없이 전설에 나오는 그 '빛의 검'이었다.

조롬의 몸이 무너져 내렸다.

가우리가 떼어낸 도신은 빛의 검의 칼집 역할을 했던 것이다.

"가… 가우리…."

나는 간신히 입을 뗄 수 있었다. 목소리가 떨려 나왔다.

"여어."

그는 나를 보고 싱긋 미소 지었다.

"또 만났구나. 잘 지냈니?"

"가우리──!"

나는 달려갔다.

전력으로 가우리에게.

그는 빛의 검을 느릿느릿 '칼집'에 집어넣고 조용히 그곳에 서 있었다. 나는 그 앞에 멈춰 서서 물끄러미 그 그리운 얼굴을 올려다보았다.

"가우리…."

"리나…."

"그 검, 나 줘!"

우당탕!

가우리는 꽤 과장된 동작으로 쓰러졌다.

그런 것은 아무래도 좋다.

"응, 부탁이야? 그거 나 줘! 응? 응? 응?"

"너… 너 말이야."

가우리는 머리를 긁적이며 일어섰다.

"난 또 재회에 감격해서 달려오는 줄 알았는데…."

"감격은 나중에 할 테니까 어쨌든 그거 나 줘! 아니, 공짜로 달라는 뻔뻔한 소리는 안 해. 5백! 5백에 나한테 팔아!"

"너… 말…이야!"

가우리의 목소리가 커졌다.

"5백…이라니… 그 돈으로 레이피어(세검) 하나 못 사잖아!"

"음… 그럼 선심 써서 550! 에이! 가져가라, 이 도둑놈아!"

"도둑은 너야! 참 나, 어느 세상에 '빛의 검'을 그런 가격으로 팔아넘기는 바보가 있겠니!"

"여기."

"너 말이야!"

무슨 서운한 말씀.

내가 치르는 돈은 아무리 동전 한 닢이라도 큰돈이란 말이야.

역시 난 상인의 딸.

"애초에 이건 우리 집 대대로 내려오는 가보야. 아무리 네가 돈을 무더기로 준다 해도 팔 수 없어!"

"그럼 우리 집에서 대대로 가보로 삼을 테니까 공짜로 줘! 그럼 되지? 응? 응?!"

"너… 바보냐! 그런 말도 안 되는 소리가 어디 있어! 안 준다면 안 줘!"

"어머, 너무해! 여자한테 그런 심한 말을 하다니! 너무해! 울어 버릴 거야, 흑흑!"

"울어!"

"뭐, 농담은 이쯤 해두고…."

가우리는 갑자기 진지한 얼굴로 돌아온 나의 페이스를 따라잡지 못하고 다시 쓰러졌다.

"뭐… 뭐야, 그게!"

"됐으니까 잘 들어. 자세하게 설명할 시간은 없지만 나를 놈들의 손에서 구해준 사람이 위기에 빠졌어. 빚도 좀 있으니까 함께 구하러 가지 않을래?"

"아… 뭐, 좋지만…."

"좋아, 결정! 그럼 날 따라와!"

말하고 나서 나는 달려 나갔다. 제르가디스를 구하기 위해.

역시 그렇게 많은 적을 상대하는 것은 제르가디스라고 해도 상당히 힘든 일인 듯 꽤 고전하고 있었다.

그래도 오거나 버서커 같은 잔챙이들은 대부분 해치웠지만, 주요리인… 딜기아, 워먼티스, 듀라한은 온전히 남아 있었다.

그때 우리가 달려갔다.

가우리가 가까이 있던 듀라한을 앞뒤 가릴 것 없이 '빛의 검'으로 베었다.

"얏호, 도와주러 왔어!"

"오오!"

전원이 눈을 크게 떴다.

형세는 단숨에 역전되었다.

레조 부대는 슬금슬금 물러서기 시작했다.

남아 있던 오거, 버서커도 하나하나 그 숫자가 줄어갔다.

"크으!"

딜기아가 신음했다.

그런데

"으음."

이번엔 제르가디스가 신음했다.

우리 세 사람은 동작을 멈추었다.

"음?"

딜기아는 뒤쪽을 돌아보고 희열에 찬 표정을 지었다.

"로디마스!"

그렇다.

그곳에는 할버드를 손에 든 중년 검사 로디마스와 처음 보는 얼굴, 상당한 미형의 아저씨 한 분이 계셨다.

아니, 눈에서 하트를 쏘아대면서 기뻐할 때가 아니지.

"잘 왔어! 덕분에 살았어!"

"이제 좀 대등해졌군."

워먼티스가 말했다. 그 순간….

로디마스가 막무가내로 딜기아를 가격했다.

워울프는 멋지게 날아가서 근처 나무에 굉장한 소리를 내며 부딪쳤다.

그러고는… 꿈쩍도 하지 않았다.

"로, 로디마스, 무슨 짓을…?!"

워먼티스는 당황했다.

"미쳤어?!"

"미치지 않았다!"

로디마스는 성큼성큼 걸어왔다.

"내가 충성을 맹세한 것은 제르가디스 님. 적법사 같은 영문을 알 수 없는 녀석에게 충성할 의리 따윈 없어!"

"너… 너란 녀석은!"

워먼티스는 흥분해서 달려들었다. 하지만 그것은 완전히 할버드의 제물이었다.

"이야압!"

로디마스가 외친 순간 승부는 나 있었다.

워먼티스는 멋지게 동체가 위아래로 동강 나고 말았다.

하반신은 그래도 몇 발짝 달려가다가 나무에 부딪쳐서 쓰러졌다. 상반신은 땅에 떨어져서 꽤 오래 경련하다가 움직임을 멈추었다.

나머지 잔챙이들이 부리나케 도망친 것은 말할 것도 없었다.

"덕분에 살았어. 일단 고맙다고 해두지."

제르가디스가 말했다.

"왠지 상황이 잘 이해가 안 되지만… 뭐, 잘된 것 같군."

가우리는 어색한 미소를 지었다.

"하지만 너희들, 정말로 괜찮은 거야?"

제르가디스는 이번엔 중년 검사들 쪽을 바라보며 물었다.

"아뇨. 전혀 상관없습니다."

미형의 아저씨가 말했다. 음…? 이 목소리는 어디선가….

"미안하다, 로디마스, 졸프. 시시한 일에 말려들게 해서."

조… 조… 졸프으?!

그렇다면 이 미형의 중년이 미라 남자의 정체였다는 건가?!

믿을 수 없어!

그것의 내용물이 이렇게 핸섬하다니….

졸프는 내 쪽으로 힐끔 시선을 돌렸다.

"여어, 꼬맹이. 아직 살아 있었냐?"

울컥.

한순간 '잘생겼으니 용서해주자.'라고 생각했지만 지금 그 한마디로 마음이 바뀌었다. 그렇다고 해도 여기서 '적법사'라는 공동의 적을 가진 사람들끼리 싸울 수는 없는 법.

"뭐, 동료는 많을수록 좋으니까 지금까지의 일은 잊을게."

기특하게도 난 말했다.

"네가 아무리 우리들의 발목만 잡는 형편없는 삼류 마법사에 악취미를 가진 사디스트라도 동료는 동료야. 썩은 나무도 산의 일부니까 우리가 잘 이끌어줄게. 원한 따윈 잊고."

"앙심을 품고 있는 거 맞잖아."

"어머, 기분 탓이야. 시기심과 콤플렉스, 그리고 마구 뒤틀린 자존심 때문에 그렇게 느껴지는 것뿐이지."

"이 꼬마가…."

"잠깐, 리나."

가우리가 끼어들었다.

"그보다 사정을 설명해 주지 않겠어? 아무리 생각해도 상황 파악이 안 되거든."

아, 그러고 보니.

아직 가우리에겐 자세한 사정도 이야기하지 않았다.

나는 지금까지의 경위를 간추려서 이야기하기 시작했다.

"그렇게 된 거야. 알았지?"

저물어가는 석양을 등진 채 나는 상황 설명을 마쳤다.

"알았지?"

다시 한번 묻는다.

가우리는 대답하지 않았다. 멍하니 앉은 채 멍한 눈으로 나를 쳐다보고 있었다.

다른 사람들도 땅에 앉아 있었다.

역시 낮의 전투가 힘들었던 걸까? 하지만 여자인 나도 아무렇지 않은데 정말 한심해.

"그런데… 너….”

로디마스가 지친 듯 말했다.

"정말 말이 많구나….”

"그래?”

모두가 크게 고개를 끄덕였다.

그런가?

"뭐, 어쨌거나 이제 대충 알았겠지?”

"심리 묘사와 정경 묘사는 둘째치고 이야기의 줄거리는 대충 알았어.”

가우리는 일어섰다.

"그럼 묻고 싶은데….”

제르가디스도 일어섰다.

"나에게 '현자의 돌'을 넘겨줄 생각은?”

"없어.”

가우리는 딱 잘라 말했다.

"그렇겠지.”

그렇게 말하는 제르가디스의 말에는 명백한 적의가 깃들어 있었다.

"한쪽은 눈의 치료, 다른 한쪽은 원한. 그런 이기적인 일에 사용된다면 '현자의 돌'이라는 이름이 울 거야."

"나한테 시비를 걸 생각이냐?"

"아니, 아니. 시비를 걸 생각은 조금도 없어. 그저 '현자의 돌'은 넘기지 않겠다고 말하는 것뿐이야. 이것이 너와 레조가 만들어낸 각본일 가능성도 있으니까."

"그렇게 말할 줄 알았어."

제르가디스가 스릉 검을 뽑았다.

"역시 이 방법밖에 없는 것 같군."

"그래…."

가우리도 칼집에 손을 가져갔다.

척.

졸프와 로디마스가 제르가디스의 좌우에 섰다.

"너희는 물러나 있어."

로디마스는 작게 쓴웃음을 짓고 한 걸음 물러섰다.

"하… 하지만…."

졸프가 말했다.

"물러나 있으라고 했지."

재차 제르가디스가 말하자 졸프는 주춤주춤 물러섰다.

"잠깐… 적당히 좀 해!"

이번엔 나였다.

하지만 두 사람 모두 내 쪽을 돌아보려고도 하지 않았다. 이건 꽤 심각한데?

졸프와 로디마스도 어떻게 될지 주목하고 있었다.

두 사람의 간격이 조금씩이긴 하지만 서서히 좁혀졌다.

나는 더욱 큰 소리로 외쳤다.

"그만하라니깐! 흥미로운 싸움이긴 하지만 그 전에 해야 할 일이 있잖아!"

"예, 이 아가씨의 말이 맞습니다."

"?!"

목소리가 났다.

바로 뒤, 아니 귓전에서….

스윽.

뒤통수… 목덜미 부분에 차가운 감촉이 와 닿았다.

지금 움직이면 죽는다….

나는 직감했다.

나를 제외한 전원의 시선이 내 뒤에 있는 인물에 집중되었다.

누구인지는 알고 있었다.

귀에 익은 목소리다.

제르가디스조차 공포에 떨게 하는 인물….

"레조…."

가우리가 그 이름을 입 밖에 냈다.

"오랜만이군요. 하지만 딱딱한 인사는 생략하도록 하죠. 용건은 말하지 않아도 알겠지요? 거기, 가우리 씨라고 했던가요?"

"'현자의 돌'이겠지"

"그래요. 아, 이상한 마음은 먹지 마시길. 이 사람의 목덜미에 대고 있는 바늘에 조금이라도 더 힘을 주면 저는 살인자가 되니까요."

익.

내가 처한 상황을 깨닫고 나는 무심코 숨을 삼켰다.

갑자기 땀이 배어났다.

"위협일 뿐이야! 넘기지 마!"

제르가디스가 비명에 가까운 소리를 질렀다.

'현자의 돌'을 넘기고 싶지 않은 일념에서 나온 말이었다.

레조가 허세를 부릴 만한 사람인지 어떤지 가장 잘 알고 있는 것은 제르가디스 본인이었다.

물론 아무도 제르가디스의 말을 믿지는 않았다.

땀이 방울이 되어 뺨을 타고 턱으로 흘러내렸다.

"왜… 이것이 필요하지?"

가우리가 물었다.

"이 사람이 방금 설명하지 않았습니까? 눈을 뜨고 싶다고…. 단지 그것뿐입니다."

"어째서… 그렇게까지 해서…?"

나는 조심조심 물었다.

"설명해 줘도 이해하진 못할 겁니다. 눈이 보이는 사람에겐 말이죠."

그런 건가?

"자, 어서 돌을⋯."

"알았어."

"그만둬! 넘기지 마!"

제르가디스의 제지를 무시하고 가우리는 품 안에서 오리할콘 신상을 꺼냈다.

"자."

신상이 호선을 그리며 날아왔다.

레조는 오른손을 뻗어 그것을 받았다.

"그래, 확실히 받았다!"

레조의 말투가 바뀌었다.

사악한 광기가 말속에 깃들어 있었다.

"리나를 놔줘!"

"그렇게 안달하지 마. 곧 풀어줄 테니까⋯."

콰직!

레조의 손에서 오리할콘 신상이 쉽게 부서졌다. 마력을 봉한 오리할콘이 말이다.

그 안에서 나온 것은 작고 검은 돌 한 개⋯.

일반인이 보든, 전문가가 보든 석탄의 친척으로밖에 보이지 않는 이 별 볼일 없는 돌이 그 '현자의 돌'이었다.

돌의 힘이 레조의 마력에 호응하여 마법으론 부술 수 없는 오리할콘까지 부수고 만 것이다.

"오오, 이거야! 이게 맞아!"

레조는 나의 등을 홱 떠밀었다.

"이크!"

나는 몇 발짝 비틀거리다 겨우 멈춰 섰다.

그리고 뒤통수로 손을 돌려 목덜미에 박혀 있는 가느다란 침을 단숨에 뽑았다.

오싹.

한기가 들었다.

통증 같은 건 없었지만 바늘의 길이는 엄지와 비슷했다. 그것이 내 목 안에까지 파고들어 있었다.

용케도 죽지 않고 살아 있었던 셈이다. 거꾸로 말하면 레조는 그만한 기술을 가지고 있다는 이야기였다.

제르가디스가 주문을 외우기 시작했다.

가우리도 '빛의 검'을 뽑아 들었다.

그리고 레조는….

돌이 든 오른손을 입가로 가져갔다.

설마…?

그 설마였다.

레조는 주저 없이 손에 든 물건을 삼켰다.

화악!

"우왓!"

갑자기 강한 바람이 불어왔다.

난 엉겁결에 망토로 얼굴을 가렸다.

"욱, 크윽…."

갑자기 참을 수 없는 구토감이 끓어올라 나는 입을 손으로 막았다.

바람이 아니었다.

불어온 것은 물리적인 힘을 동반한 강렬한 독기였다.

그 독기가 빚어내는 소용돌이의 중심에서 레조가 홀로 크게 웃었다.

"하핫!"

제르가디스가 공격했다.

푸른 불기둥이 레조를 감쌌다.

하지만 그뿐이었다.

무슨 마법을 썼는지 모르지만 전혀 효과가 없었다.

레조는 더욱 미친 듯이 웃으면서 외쳤다.

"오오! 보인다, 보여!"

나는 보았다.

난생처음으로.

사람이 완전히 다른 존재로 바뀌어가는 모습을.

레조의 눈이 뜨였다.

그 속에 있는 것은 붉은색의 어둠.

눈꺼풀 안에 갇혀 있던 것은 루비처럼 붉은 한 쌍의 눈동자.

"크흐흐, 크… 크하하하하하하! 떠졌다! 눈이 떠졌다고!"

레조의 뺨에 있던 살점이 후드득 떨어져 나갔다.

그 아래로 하얀 것이 엿보였다.

"뭐야?!"

누군가가 외쳤다.

후드득.

이번엔 이마의 살점.

그리고….

나는 알게 됐다. 그의 정체, 레조의 감긴 눈에 봉인되어 있던 것이 무엇이었는지를.

지금 레조의 얼굴은 눈 부분에 루비를 박아 넣은, 하얀 돌 가면으로 변해 있었다.

그리고 전신을 덮은 붉은 로브 역시 딱딱한 것으로 변해 있었다.

"설마…?!"

제르가디스가 신음했다.

그 역시 알아차린 것이다.

'루비 아이(붉은 눈의 마왕)' 샤브라니구두가 이 땅에 재림한 것을….

이윽고 정적이 주위를 지배했다.

"선택해라, 원하는 길을."

여유 있게 서 있는 레조였던 존재, 레조 샤브라니구두가 입을 열었다.

"나에게 다시 생명을 준 조그마한 답례로 말이야. 나를 따르겠다면 천수를 누릴 수도 있을 것이다.

하지만 싫다면 어쩔 수 없지. 천룡왕에게 움직임을 봉인당한 북의 마왕, 또 한 사람의 나를 해방하기 전에 상대해 주겠다. 선택해라, 좋은 쪽을."

터무니없는 제안을 해왔다.

'북의 마왕'을 해방시킨다, 그것은 바꿔 말하면 이 세상을 파멸로 이끌겠다는 의사 표시였다.

그것에 협력해라.

그것이 싫다면 자신과 싸워라—과거의 7분의 1로 그 힘이 줄어들었다고 해도 먼 옛날 신족의 한 사람과, 이 세계의 패권을 다툰 '마왕'과 싸우라는 것이다.

물론 우리의 대답은 정해져 있었다.

세계의 파멸을 이끈다면 그곳에서 기다리고 있는 것은 모두에게 동등한 '죽음'뿐.

같은 죽음이라면 깨끗한 쪽을 선택하고 싶었다.

굳이 인간이 아니더라도 보통 그렇게 생각할 것이다.

그것을 잘 알면서도 레조 샤브라니구두는 묻고 있는 것이다.

어느 한쪽을 고르라고.

"무슨 말도 안 되는 소리를!"

정말로 사태를 이해하고 있는지 어떤지 졸프가 소리를 질렀다.

"잘난 척 마라! 네가 시간의 뒤편에 봉인되어 있는 동안 인간도 진보했단 말이다! 구시대의 마왕 따위 나, 졸프가 해치워 주마!"

역시 모르고 있다.

그는 양손을 높이 쳐들고 주문을 외우기 시작했다.

> 황혼보다 어두운 자여
> 피의 흐름보다 붉은 자여
> 시간의 흐름 속에 파묻힌
> 위대한 그대의 이름으로

이 주문은?!

드래곤 슬레이브!

흑마법 중에선 최강으로 일컬어지는 공격 마법이었다.

그 이름대로 원래는 드래곤 퇴치를 위해 만들어진 마법인데, 작은 성 하나쯤은 쉽게 날려버릴 수 있었다. 그것을 쓸 수 있는 마법사를 두세 명 데리고 있으면 그 나라는 상당히 큰 목소리를 낼 수 있는… 그 정도의 마법인데, 설마 졸프가 그것을 쓸 수 있을 줄이야.

이런 말 하는 게 전혀 미안하진 않지만, 어째서 졸프 정도의 남자가 제르가디스의 직속으로 있는지 이상했는데 이제야 겨우 수

수계끼가 풀렸다.

하지만….

나는 알고 있었다.

그 마법으론 놈을 해치울 수 없다는 것을.

"그만둬, 소용없으니까!"

나는 외쳤다.

졸프는 귀를 기울이지 않았다.

"호오…."

'루비 아이'는 감탄한 듯 중얼거렸다.

아마도 나의 통찰력에 대해.

"아…."

제르가디스가 작은 소리를 냈다.

그도 깨달은 것이다, 그것을.

하지만 제르가디스가 제지하기도 전에 졸프가 움직였다.

"드래곤 슬레이브!"

마왕이 대폭발을 일으켰다.

이것이 바로 드래곤 슬레이브의 힘이었다.

이것을 맞고 무사했던 인간은 일찍이 역사상에 존재하지 않았다.

"이겼다."

졸프가 환희에 차서 외쳤다.

동시에.

"도망쳐, 졸프!"

로디마스가 외쳤다.

그는 본능적으로 느꼈던 것이다.

그것이 아직 살아 있다는 것을.

"뭐?"

그는 아직도 사태를 파악하지 못하고 있었다.

의아한 표정으로 우뚝 서 있을 뿐.

"칫!"

로디마스는 혀를 차고 졸프 쪽을 향해 달려갔다. 발을 걸어서라도 비키게 할 생각이다.

"아무래도 좋으니까 어서…."

그 순간….

불덩어리가 두 사람을 집어삼켰다.

"로디마스! 졸프!"

제르가디스가 외쳤다.

그 목소리에 호응이라도 하듯 아직도 소용돌이치고 있는 불길 속에서 사람 그림자가 나타났다.

타고 있는 불길보다도 붉은 그림자가.

아니야….

불꽃 소리에 섞여 누군가의 목소리가 들린 것 같았다.

"도망치자!"

제르가디스가 중얼거렸다.

"뭐?"

나는 엉겁결에 되물었다.

"도망치자!"

그 말을 신호로 세 사람은 전속력으로 달려 나갔다.

나는 작게 타오르는 불꽃을 보고 있었다. 가우리와 제르가디스도 그저 묵묵히 모닥불만 바라보고 있었다.

아… 정말 비참하다.

우리는 레조 샤브라니구두 앞에서 손쓸 도리가 없었다.

지금은 도망쳤다고 해도 언젠가는… 그리 머지않은 미래에 잡힐 것이다.

그렇게 되면….

"난 싸울 거야."

제르가디스가 중얼거렸다.

모닥불이 타닥타닥 소리를 내며 튀었다.

"이길 수 없다는 것은 알지만… 이대로 도망친다면 로디마스와 졸프에게 미안하니까…."

타닥.

다시 불꽃이 튀었다.

"어쩔 수 없군. 같이 싸워주지."

가우리가 입을 열었다.

"비록 소용없다고 해도, 그렇다고 해도 이대로 내버려 둘 수는 없으니까…."

"미안하군…."

"괜찮아. 나한테도 남 일은 아니니까…."

그렇게 말하고….

두 사람은 입을 다물었다.

물론 알고 있었다.

두 사람이 내 대답을 기다리고 있다는 것을.

말로 재촉한 것은 아니었다.

언제 입을 열까, 하고 주목하고 있는 것도 아니었다.

그저 잠자코 물끄러미 모닥불만 쳐다보고 있었다.

그렇게 두 사람은 기다리고 있는 것이다. 내가 입을 열기를.

"나는…."

나는 입을 열었다. 두 사람은 반응하지 않았다. 여전히 말없이 불꽃만 바라보고 있었다.

"나는… 죽고 싶지 않아."

나도 불꽃을 바라보며 툭 말했다.

"아무도 강요하지 않아."

가우리가 부드러운 눈길로 조용히 말했다.

나는 나도 모르게 자리에서 일어났다.

"하지만 그렇잖아, 죽을 생각으로 싸운다는 건 바보 같은 짓이야! 그것을 남자의 '의지'나 '로망'이라고 착각하는, 그런 쓸데없는 생각은 버려! 어찌 됐든 죽으면 끝인 거야!"

"뭐… 좋을 대로 해."

제르가디스가 말했다.

"도망치는 것은 자유지만 놈과 한패가 되는 것만은 관둬. 만약 그렇게 된다면 우리 손으로 널 죽여야 하니까…."

나는 허리에 손을 대고 크게 한숨을 쉬었다.

"너 말이야, 누가 안 싸운다고 했어?"

"뭐…?"

두 사람이 동시에 나를 바라보았다.

"착각하지 마. 나는 질 걸 알면서도 싸운다는, 그 마음가짐이 어리석다고 말하고 있는 것뿐이지, 질 게 뻔하니까 안 싸운다고 한 건 아니야. 잘 들어. 비록 이길 수 있는 확률이 1퍼센트 정도라고 해도 진다고 생각하고 싸우면 그 1퍼센트마저 제로가 되고 말아.

—나는 절대로 죽고 싶지 않아. 그러니까 싸울 때는 반드시 이기겠다는 생각으로 싸울 거야!

물론 너희들도."

두 사람은 얼굴을 마주 보았다.

"아니… 대체 어떻게…?"

제르가디스가 보기 드물게 약한 소리를 했다.

"나의 주무기인 흑마법으로 녀석을 쓰러뜨리기란 불가능할 것 같지만, 너의 정령 마법도 있고…."

"소용없어."

"뭐? 소용없어?"

"그래, 소용없어. 녀석이 부활할 때 내가 공격한 건 알고 있지?"

"그래. 무슨 주문인지는 몰라도 녀석이 튕겨내던데… 설마…."

"라 틸트야."

"에구."

나는 머리를 감싸 쥐었다.

"뭐야, 그게?"

마법 지식이 없는 가우리가 물었다.

우웅~ 이 녀석이 있으면 이야기가 매끄럽게 진행되지 않는다니깐….

"라 틸트. 정령 마법 중 최강의 공격 마법이야. 아스트랄 사이드에서 상대를 공격하는 기술인데, 대 개인용 마법이지만 생물에 대한 공격력은 흑마법의 드래곤 슬레이브에 필적할 만하다고 일컬어지고 있어."

"드래곤 슬레이브는 또 뭐야?!"

아, 짜증 나!

"드래곤 슬레이브라는 건 인간이 쓸 수 있는 흑마법 중에서 최강으로 불리는 마법이야. 세간에선 말이지. 처음으로 창안해낸 현자, 레이 마그나스가 1,600년 묵은 아크 드래곤을 이걸로 해치웠기에 드래곤 슬레이어, 드래곤 슬레이브란 이름이 붙었지. 그 졸프라는 마법사가 '적법사'에게 쓴 게 그 기술이었어."

"그런데… 마법이 통하지 않은 건 대체 어째서이지?"

아… 슬슬 피곤하다.

"난 통과. 제르가디스, 해설을 부탁해."

"정령 마법은 땅, 물, 불, 바람의 4대 원소, 그리고 아스트랄 사이드를 이용한 마법인데, 아무래도 마왕은 우리보다 훨씬 정신 생명체에 가까운 존재인 것 같아. 때문에 정신세계에 대한 간섭력도 커서 인간의 정신력으로 만들어낸 힘 따윈 손쉽게 튕겨내는 거겠지. 즉 적어도 아스트랄계의 정령 마법으로 놈을 해치우기란 불가능하다는 소리야. 그렇다고 해서 땅, 물, 불, 바람의 4대 원소를 이용한 마법을 쓰는 건 더 말이 안 돼. 그런 건 인간이라도 깨뜨릴 수 있으니까. 물론 술자의 실력에 따라 결과는 달라지지만…

그런 이유로 정령 마법으로 마왕을 쓰러뜨릴 수는 없는 셈이지.

그리고 흑마법이 놈에게 통하지 않는 이유는 아주 간단해. 주로 흑마법의 힘의 원천이 되는 것은 이 세계에 있는 증오, 공포, 적의 같은 암흑의 의지의 힘인데, 그 힘을 관장하는 게 다름 아닌 마왕 샤브라니구두니까."

"조롬의 주문에도 있었잖아,

'황혼보다 어두운 자여. 피의 흐름보다 붉은 자여'라고. 그게 바로 샤브라니구두를 말하는 거야."

내가 끼어들었다.

"있었나, 그런 구절이?"

"있었잖아! 대체 뭘 듣고…… 아, 맞다. 넌 카오스 워즈(chaos-words)를 몰랐지."

"카오스 워즈?"

흑마법을 구사할 때 쓰는 말이지만 이젠 일일이 설명해 줄 마음도 들지 않았다.

"아무튼 그런 게 있어. 즉 흑마법으로 놈을 쓰러뜨리려 하는 것은 '너를 죽이는 것을 도와줘'라는 말과 같은 거야. 이게 얼마나 어이가 없는지는 너라도 알겠지?"

"너라도라니, 무슨 뜻이야?"

"참고로 말해두는데 백마법에는 공격 주문이 존재하지 않아. '정화'의 주문으로 사령과 좀비 정도라면 해치울 수 있겠지만 녀석을 해치우기엔 너무 역부족이야.

ㅡ쉽게 말해 나와 제르가디스로는 녀석을 쓰러뜨릴 수 없다는 말이지."

"뭐, 어쨌거나⋯."

제르가디스는 시선을 가우리에게로 돌렸다.

"우리의 유일한 희망은 너의 '빛의 검'뿐인 셈이지."

"즉 샤브라니구두와 싸우는 건 어디까지나 너라는 말이야. 물론 우리 두 사람도 최대한 너를 돕겠지만."

"돕겠⋯ 다니⋯ 그렇게 속 편하게 말하지 말라고."

"현재로선 이 방법밖에 없어.

물론 너한테 더 좋은 생각이 있다면 이야기는 달라지겠지만."

"아니⋯ 나한텐 없어."

"그럼 이걸로 결정이야."

"그래, 드디어 결정되었나?"

……!

세 사람은 동시에 쳐다보았다.

들은 기억이 있는 그 목소리의 주인을.

어느 틈에 와 있었는지, 언제부터 그곳에 와 있었는지 어두운 나무 그늘에 엉겨 있는 붉은 어둠.

붉은 눈의 마왕, 레조 샤브라니구두.

"나로서도 졸프나 로디마스 정도의 상대나, 도망치기만 하는 상대를 죽여봤자 준비 운동도 안 되니까 말이야.

뭐, 나의 부활에 입회했던 것이 불운이라 생각하고 내 훈련에 참가해 줘야겠어. 오랜 시간 봉인되어 있던 탓에 아직 감이 잘 안 잡혀서 말이지.

하지만 안심해, 다른 사람들도 금방 너희들 뒤를 따를 테니까."

"적당히 좀 해."

나는 느릿하게 일어섰다.

준비 운동…이라고…?

훈련이라고 했나?

졸프는 분명 마음에 안 드는 성격이긴 했다.

로디마스도 분명 잘생겼다고 할 순 없었다.

하지만….

죽여놓고 준비 운동도 안 된다고 하다니….

물론 인도주의 같은 걸 운운할 자격이 나에게 있다고 생각하진 않는다. 나도 사람을 죽인 적이 있기 때문이다. 그것은 가우리나 제르가디스도 마찬가지일 것이다.

하지만….

방금 그 말은 용서 못 한다.

"훈련…이라고 했어? 좋아, 참가해 줄게. 하지만 후회하게 될 거야."

"호오, 그거 재미있군, 아가씨.

꼭 부탁하고 싶어. 그래야 죽이는 보람이 있으니까."

"죽을 생각은 없는데."

가우리가 말했다. 두 사람도 자리에서 일어나 있었다.

"생각과 결과가 일치한다고는 할 수 없지. 그 정도는 누구든 알고 있을 텐데?"

"그래. 누구든 알겠지. 안 그래, 레조 샤브라니구두 씨?"

나는 마왕의 말을 그대로 돌려주었다.

움찔.

마왕의 몸이 작게 꿈틀거렸다.

어?

"자, 그럼 간다."

아무 일도 없었다는 듯 마왕은 손에 든 지팡이로 탁 가볍게 땅을 때렸다.

그 순간….

대지가 움직였다.

아니….

움직이고 있는 것은 땅 밑에 있는 것. 숲에 있는 나무들의 뿌리였다.

그것들은 마왕에게 가짜 혼을 제공받고 무수한 뱀이 되어 땅속에서 기어 나왔다.

"생각보다 시시한 기술인걸."

나는 코웃음을 쳤다.

"제르가디스."

"알았어, 다그 하우트!"

그는 한순간에 내 의도를 눈치챘다.

이번엔 정말로 땅이 요동쳤다.

그 한 번의 흔들림으로 인해 나무뿌리로 된 뱀들은 맥없이 절단되었다.

다그 하우트가 나무뿌리가 뻗어 있는 지층에 뒤틀림을 발생시킨 것이다.

"그럼 다음은 내 차례!"

"하시죠, 아가씨."

제르가디스가 쓴웃음을 지었다.

"과연… 어떤 기술을 보여주려나?"

마왕이 말했다.

"아뇨, 별것 아닌 잔기술인데요. 자, 갑니다."

나는 오른손을 살며시 들었다.

빛의 구슬이 그곳에 생겨났다.

"설마 파이어볼은 아니겠지?"

마왕이 일침을 놓았다.

"헉, 그거 맞는데…."

나는 그것을 마왕에게 가볍게 날렸다.

불덩어리는 마왕 쪽을 향해 날아가다가 그의 눈앞에서 딱 멈추었다.

"흐음… 대충 모양새는 갖췄군."

붉은 눈의 마왕은 자신의 주위를 불규칙하게 날아다니는 빛의 구슬에 별로 신경 쓰는 기색도 없이 차분한 목소리로 말했다.

"하지만 이런 걸 맞아봤자 난 아무렇지도 않아."

"알고 있다니깐요. 이건 말하자면 일종의 시위예요."

"그런 일에 끼고 싶은 생각은 없어. 유감이지만."

레조 샤브라니구두는 손에 든 지팡이를 가볍게 치켜들었다.

그 순간….

"브레이크!"

나는 손가락을 딱 튕겼다.

빛의 구슬이 분열되어 나선을 그리며 마왕의 주변에 쏟아졌다.

"뭐… 뭐야!"

마왕도 거기까지는 예상을 못 했는지 놀란 목소리를 냈다.

불꽃과 연기가 잠시 그의 모습을 뒤덮었다.

"가우리, 네 차례야!"

"알았어!"

가우리가 달렸다. '빛의 검'을 치켜들고.

"가라, 가우리!"

제르가디스도 외쳤다.

"죽어라, 마왕!"

가우리가 외쳤다.

빛의 검이 웅웅거렸다.

그리고….

붉은 눈의 마왕, 레조 샤브라니구두는 작게 웃었다.

"빛의 검인가? 마법 도시 사일라그를 한순간에 죽음의 도시로 만든 마수 자나파를 쓰러뜨린 검이라고 했던가? 하지만 약해졌다고는 해도 마왕을 마수 나부랭이와 똑같이 보지는 말아주었으면 좋겠어."

그는… 마왕은 빛의 검을 맨손으로 막아냈다.

"조금 뜨겁긴 하지만 참지 못할 정도는 아니군."

엄청난 괴물이었다.

"으… 으으!"

가우리가 신음했다.

아무래도 **빼도** 박도 못하는 상태인 듯했다.

"젊은이, 검 솜씨는 제법인 것 같지만 나를 쓰러뜨리기에는 무기가 너무 안 좋군. 역시 인간이라는 존재는 겨우 이 정도가 한계인가? 그럼…."

폭발이 일어났다.

"우왁!"

가우리가 날아갔다.

곧 땅에 처박혔다.

"가우리!"

"괘… 괜찮아."

아무리 봐도 무사해 보이지는 않는 꼴로 땅에 쓰러진 채 그는 말했다.

"안심해, 당장 죽이지는 않을 테니까."

마왕이 말했다. 성질 더러운 녀석이다. 뭐, 사람 좋은 마왕이 있다고 하면 그건 그것대로 기분 나쁘겠지만.

"욱…!"

제르가디스가 뒷걸음질 쳤다.

그가 순식간에 불길에 휩싸였다.

"제르!"

"걱정 마. 녀석은 돌로 된 몸이라 이 정도로 죽지는 않으니까. 그보다 아가씨…."

움찔 움찔 움찔!

"꽤나 자신만만해하더니…… 날 상당히 실망시켰군. 그 답례는 제대로 해주지."

히이익.

저벅.

마왕이 한 걸음 다가왔다.

그때.

무언가가 눈앞으로 날아왔다.

나는 반사적으로 그것을 받아 쥐었다.

자루뿐인 검?

빛의 검!

"그걸 써, 리나!"

가우리가 말했다.

"검의 힘에 네 흑마법의 힘을 싣는 거야!"

"어리석은…."

바보 같다는 듯 레조 샤브라니구두가 말했다.

"빛의 힘에 어둠의 힘이 실릴 것 같은가?"

그 말대로였다.

빛의 속성을 지닌 마법과 어둠의 속성을 지닌 마법을 동시에 걸기란 불가능했다.

마법이 서로의 힘을 상쇄하기 때문이다.

하지만….

"검이여, 나에게 힘을!"

나는 손안의 물건을 높이 치켜들었다.

빛으로 된 칼날이 생겨났다.

가우리 때는 롱 소드(long sword) 길이였던 빛의 검이 바스타드 소드(bastard sword)급이 되어 있었다.

역시….

"훗, 소용없는 짓을!"

마왕이 비웃었다.

하지만 나는 그 목소리에 약간의 조바심이 내포되어 있다는 걸 눈치챘다.

주문을 외우기 시작했다.

형식은 드래곤 슬레이브와 거의 마찬가지.

하지만 주문을 바치는 것은 이 세계의 암흑을 관장하는 루비 아이 샤브라니구두를 향해서가 아니었다.

그 부분은, 내가 여행하던 도중에 들렀던 어느 왕국에서 전설로 내려오던 '로드 오브 나이트메어(어둠의 왕)'—마왕 중의 마왕, 하늘에서 떨어진 '금색의 마왕'에게 바치는 것이었다.

샤브라니구두의 힘을 빌린 흑마법으로는 샤브라니구두를 상처 입힐 수 없다. 하지만 동등하거나 그 이상의 능력을 지닌 다른 마왕에게서 힘을 빌린다면 '루비 아이'에게 타격을 입힐 수 있을 것이다.

어둠보다 어두운 자여

밤보다 깊은 자여

혼돈의 바다에 흔들려

금색으로 변하는 어둠의 왕이여

샤브라니구두가 동요한 기색을 보였다.

"꼬… 꼬마 계집애! 어떻게 너 따위가 그분의 존재를 알고 있는 거냐!"

나는 개의치 않고 계속했다.

> 나 여기서 너에게 바친다
> 나 여기서 너에게 맹세한다
> 내 앞을 가로막고 있는
> 모든 어리석은 자에게
> 나와 그대가 힘을 합쳐
> 영원한 멸망을 가져다줄 것을!

내 주위에 어둠이 생겨났다.

밤의 어둠보다 깊은 어둠.

결코 구원할 수 없는 칠흑의 어둠이.

폭주하려고 하는 마력을 필사적으로 억눌렀다.

만약 여기서 주문 제어에 실패한다면 나는 생체 에너지의 모든 것을 마법에 빼앗겨… 죽을 것이다.

"소용없다고 했지!"

마왕은 외치면서 주문의 영창 없이 만들어낸 여러 발의 푸르스름한 에너지 볼을 던졌다.

한 방으로도 어지간한 집 두세 채는 거뜬히 날려버릴 힘이 실려 있었다.

하지만….

그 하나하나가 나를 감싸고 있는 어둠 속으로 사라졌다.

"아니?!"

이것이 이번에 처음으로 공개하는 나의 비기 중의 비기. 기가 슬레이브!

처음 시험 삼아 써보았을 때, 내가 만들어낸 어둠은 바닷가에 커다란 구멍을 만들었다.

지금도 어째서인지 그 장소에는 물고기 한 마리 얼씬하지 않고 물이끼조차 자라지 않는다고 한다.

이 주문만으로도 샤브라니구두에게 타격을 입힐 자신은 있었다. 하지만 이 주문만으로는 '붉은 눈의 마왕'을 해치울 수 없다는 것도 알고 있었다.

내가 아무리 노력해도 인간과 마왕, 이 엄연한 그릇의 차이는 어떻게 해볼 수 없는 것이다.

남은 수단은 가우리의 말처럼 빛의 검의 힘을 빌리는 수밖에 없었지만….

빛의 검의 빛나는 도신 역시 나를 에워싸고 있는 어둠으로 **빨려** 들고 있었다.

검에 의해 만들어진 '빛'의 힘과 주문이 만들어낸 '어둠'의 힘이 서로를 상쇄하고 있었던 것이다.

가우리는 그저 이렇게 될 것을 몰랐던 것뿐이다.

나는 그것을 알고 있었다.

아마 그 이상의 것도.

그리고 샤브라니구두 역시 알고 있을 것이다. 마왕의 조바심이 그것을 증명했다.

해볼 수밖에 없었다!

"검이여!"

나는 외쳤다.

"어둠을 흡수하여 칼날이 되어라!"

"뭐라고?!"

기가 슬레이브에 의해 만들어진 어둠이 손에 쥔 검을 향해 빨려 들어갔다.

생각한 대로였다.

'빛의 검'의 정체는 내가 상상하던 것과 같았다.

쉽게 말해 그것은 인간의 의지력을 구체화하는 무기였던 것이다. 평소엔 그것이 가장 알기 쉬운 '빛'의 모습을 취하고 있는 데 불과했다. 내가 그런 확신을 가진 것은 의지력은 강하지만 그 확장할 만한 마력을 가지지 않는 가우리가 들고 있을 때에 비해 의지력 제어에 익숙한 내가 다뤘을 때의 구현 확률이 컸기 때문이다.

하지만 이걸로 과연 정말 마왕을 쓰러뜨릴 수 있을지 어떨지… 솔직히 말해 자신은 없었다.

한 가지만 더, 한 가지만 더 무언가가 있다면….

"약았군!"

마왕은 지팡이를 들고 자세를 취했다.

낮은 중얼거림… 지금까지 들어본 적 없는 말이 바람결에 들려왔다.

주문의 영창….

야단났다!

기가 슬레이브로 만들어진 어둠을 검이 모두 흡수할 때까진 시간이 필요했다.

어떤 마법이든 주문을 구사하고 있는 동안에는 술자의 주위에 많든 적든 마법의 결계가 쳐지게 된다.

기가 슬레이브를 제어하고 있을 때라면 꽤 강력한 에너지 볼이라도 완전히 막아낼 수 있다.

하지만 주문의 영창까지 해서 전력투구해 오는 '마왕'의 주문까지 과연 버텨낼 수 있을지는 의문이었다.

딱 잘라 말해 시험해 보고 싶은 생각은 털끝만큼도 없었다.

게다가 기가 슬레이브의 에너지는 한창 검에 주입되는 중이었다. 이 상태에서 마력의 결계가 아직 유효한지 어떤지조차 상당히 의문이었다.

마왕의 지팡이 끝에 붉은 빛이 생겼다.

저쪽이 더 빠르다!

그렇다고 어중간한 공격을 해봤자 마왕이 쓰러질 리도 없었다.

"그만둬!"

목소리가 울려 퍼졌다.

제르가디스였다.

"이제 그만둬! 네가 그렇게나 보고 싶어 했던 세계잖아! 그것을 … 어째서 없애버리려 하는 거냐, 레조!"

꽤 혼란스러운 듯 그 자신도 무슨 말을 하고 있는지 아마 알지 못할 것이다.

하지만….

주문이 멎었다.

마왕의 지팡이에서 붉은 빛이 사라졌다.

레조 샤브라니구두는 땅에 쓰러져 있는 제르가디스를 말없이 내려다보았다.

찾아냈다!

마지막 하나를!

"어리석은 소리…."

샤브라니구두는 약간의 사이를 두고 그의 말을 부정했다.

그 순간 내가 손에 든 암흑의 검이 완성되었다.

"적법사 레조!"

나는 외쳤다. 암흑의 검을 높이 치켜들면서.

"선택하도록 해! 이대로 샤브라니구두에게 혼을 먹힐 것인지, 아니면 자신의 복수를 할 것인지!"

"오오…."

환희의 목소리와….

"말도 안 돼."

조바심의 목소리가….

동시의 그의 입에서 나왔다.

"검이여, 붉은 어둠을 깨뜨려라!"

나는 검을 내리쳤다.

검은 빛… 그렇게밖에 형용할 수 없는 무언가가 마왕을 향해 돌진했다.

"이런 어중간한 공격쯤, 튕겨주마!"

마왕이 지팡이를 들고 자세를 취했다.

암흑의 에너지 덩어리가 충돌했다.

그리고….

콰아앙!

검은 불기둥(?)이 하늘을 찔렀다.

"아…."

나는 작게 신음했다. 흘러내리는 땀을 닦을 생각도 못 한 채.

그 불기둥 속에서 꿈틀거리는 것의 모습을 확인했다.

이윽고 그것은 조용히 가라앉았다.

"으…."

그리고.

나는 그 자리에서 무릎을 꿇었다.

"그… 크… 크하하하하핫!"

마왕의 우렁찬 웃음이 어두운 숲속에 울려 퍼졌다.

"아아, 정말 대단한 녀석이야. 설마 인간 나부랭이한테 이 정도의 기술이 있을 줄이야."

쩌억.

작은 소리가 났다.

"마음에 들었다…. 마음에 들었어. 꼬마 계집애, 넌 천재의 이름을 갖기에 충분한 존재다."

칭찬해 주는 것은 기뻤지만 기뻐할 여유는 없었다.

지금 그 일격으로 나는 대부분의 힘을 소비하고 말았다. 이제는 새끼손가락만 한 파이어볼을 만들 힘조차 남아 있지 않았다.

그저 땅에 주저앉아 거친 숨을 몰아쉬는 게 고작이었다.

"그런데… 유감이군. 이제 두 번 다시 못 만나게 되었으니. 아무리 네가 희대의 마법사라고 해도 결국엔 인간."

쩌억.

—다시 그 소리다.

대체 무슨…?

"마법이 존재한 곳에서 산 지 수백 년.

앞으로 이 세계의 역사가 어떻게 바뀔지는 나도 알 수 없지만, 이제 네가 살아 있는 동안 다른 내가 각성하는 일은 없을 것이다."

—뭐?

그게 무슨…?

나는 고개를 들었다. 그리고 보았다.

마왕 샤브라니구두의 몸에 나 있는 무수한 작은 균열을.

이것은…?

"오랜 시간 후에 부활하여 다시 한번 너와 싸워보고 싶지만, 어찌 되었든 그것은 이루어질 수 없는 소망. 너에게 경의를 표하고 조용히 사라져주겠다."

―이제… 잠들 수 있다….

두 개의 목소리가 겹쳐졌다.

붉은 눈의 마왕 샤브라니구두와 적법사 레조의 목소리가.

후드득.

마왕의 가면의 **뺨** 부분이 갈라져 떨어졌다.

그것은 땅에 닿기 전에 바람에 부서져서 공중에 날렸다.

"재미있었다, 꼬마 아가씨…."

―고맙다…. 그리고 미안하다….

후드득.

"정말로…."

―정말로….

콰직.

"크… 흐훗… 크흐흐흐…."

우직.

콰지직.

나는 웃으면서 무너져가는 '루비 아이'의 모습을 그저 멍하니 바라보고 있었다.

커다란 웃음소리만이 언제까지나 바람 속에 남았다.

에필로그

"끝난… 건가?"

가우리가 그렇게 중얼거린 것은 샤브라니구두의 몸이 완전히 소멸하고 상당한 시간이 흐른 후의 일이었다.

"그래."

나는 딱 잘라 말했다.

"레조 덕분에 말이야."

"레조?"

그것이 사라진 것이 아직도 믿기지 않는지 마왕이 마지막에 서 있던 장소를 바라보면서 제르가디스가 말했다.

"그 안에 아직 레조의 혼이 남아 있었던 거야. 오랜 세월 동안 내부를 마왕에게 먹히면서도 남아 있던 일말의 양심이 자신을 속인 마왕에 대한 증오와 합세했고, 그 결과… 내가 만들어낸 어둠을 스스로 받아들인 거지."

"음, 하지만 너도 정말 대단…."

내 쪽을 바라보다가 가우리는 말을 잇지 못했다.

그리고 제르가디스도 역시.

은색으로 물든 나의 머리카락을 보았기 때문이다.

생체 에너지를 과다 사용해서 일어난 현상이었다.

"리… 리나, 그 머리카락…."

"괜찮아, 힘을 좀 너무 써서 그래."

나는 싱긋 웃어 보였다.

"피곤하긴 하지만 괜찮아. 그보다 너희들은?"

"난… 괜찮아…."

말하면서도 가우리는 상당히 비틀거리며 몸을 일으켰다.

"나도… 적어도 아직은 죽지 않았어."

제르가디스 쪽은 가우리보다는 아주 조금이지만 힘이 있었다.

"그래… 다행이야."

나는 미소 지은 채 그렇게 중얼거리고 그대로 대자로 누웠다.

기분 좋은 수마에 몸을 맡겼다. 그리고….

며칠 후….

세 사람은 아트라스 시티 코앞에까지 와 있었다.

"와, 오늘 밤은 맛난 것도 먹고 푹신푹신한 침대에서 편안히 잘
수 있겠어."

나는 멀리 보이는 거리 풍경을 바라보며 소리를 질렀다.

머리카락이 아직 원래의 밤색으로 돌아오지는 않았지만 피로
는 완전히 회복되었다.

"굉장히 긴 여행이 되고 말았군."

가우리가 말했다.

"그럼 슬슬 난 여기서 물러나도록 하지."

갑자기 제르가디스가 말을 꺼냈다.

"뭐?"

나와 가우리의 목소리가 겹쳐졌다.

"난 지금까지 여러 가지 일들을 하면서 살아왔거든. 그래서 얼굴도 그럭저럭 알려져 있어. 저런 큰 마을은 위험해. 이런 눈에 띄는 모습이기도 하고."

"그렇구나. 그럼 이제부터 어떻게 할 거야?"

나는 물었다.

"혼자서 속 편하게 살 거야.

너희에겐 여러모로 폐를 끼쳤지만…"

그는 쑥스러운 듯 콧등을 손가락으로 긁었다.

"서로 살아 있다면 언제 다시 만나고 싶군. 너희에겐 폐가 될지도 모르겠지만…"

그에게 나는 오른손을 내밀었다.

"다음에 또 봐."

"그래."

제르가디스는 내 손을 따뜻하게 쥐었다.

돌로 만들어진 피부는 이상하게도 따뜻했다.

"잘 가."

가우리가 가볍게 손을 흔들었다.

"그래, 너도…"

제르가디스는 그렇게 말한 후 살며시 손을 놓고 그대로 등을 돌렸다.

"그런데 리나."

원래 왔던 방향으로 돌아가는 제르가디스를 전송하면서 가우리가 말했다. 마왕과의 싸움 이후 나에 대한 호칭이 '꼬맹이'에서 '리나'로 바뀌었다.

"순순히 악수를 받아주다니… 저 녀석, 너한테 반한 거 아냐?"

"바보 같은 소리 하지 마."

나는 웃음으로 받아넘겼다.

"그런데 아트라스 시티에 도착한 후에는 어떻게 할 생각이야?"

"음, 글쎄…."

나는 잠시 생각했다.

"맞다, 그것보다 '빛의 검'을 나한테 준다는 이야기, 그건 어떻게 됐어?"

"누가 그런 소릴 했어, 누가!"

"어… 안 줄 거야?"

"당연하지."

"아쉽네. 그것만 있으면 난 정말 무적에다 마법 연구도 순조로울 텐데…."

"안 된다면 안 돼."

"응. 알았어."

난 선선히 고개를 끄덕였다.

"뭐?"

가우리가 허둥댔다.

"이걸로 결정됐어. 어디로 갈지 말이야."

"어딘데?"

모르겠다는 표정으로 그가 되물었다.

"네가 가는 곳."

"뭐?"

"빛의 검을 넘겨줄 생각이 들 때까지 계속 널 쫓아다닐 거야."

윙크 한 번.

"어쨌거나… 가자."

그렇게 말하고 나는 걷기 시작했다.

아트라스 시티를 향해….

— 다음 권에 계속 —

작가 후기

L

처음 뵙는 분들, 안녕하십니까, 익숙하신 분들, 또 왔습니다!

이렇게 나왔네요. 「슬레이어즈」의 신장판!

아, 처음이신 분들은 "후기를 담당하고 있는, 이 아름답고도 청순가련한 금발 여성은 누군가?" 하실 테니 자기소개부터!

늘상 누군가에게 연금당하고, 혼절당하고, 박살이 나는 작가 대신 후기를 점거⋯ 아니, 담당하고 있는 L이라고 합니다! 모 유명 캐릭터와 호칭이 겹칩니다만 그 부분은 신경 쓰지 않는 방향으로!

한마디 보태자면 저는 이후 본편에도 슬쩍 얼굴을 내밉니다만, 진정으로 진심으로 슬쩍 얼굴을 내미는 수준입니다! 쳇!

처음이신 분도, 익숙하신 분도 계실 테니, 이 후기를 어떻게 정리해야 하나 슬쩍 고민도 했습니다만, 재미있으시다면 그건 제 덕분! 개그 소재가 겹치기라도 한다면 그건 작가 탓! 이라는 점!

새로이 이 책을 펼치셨다면 "아, 「슬레이어즈」는 어릴 적 TV에서 본 기억이 있지" 하시는 분도 있으시겠지만, 이 이야기는 지금으로부터 20년 전에 발표된 것입니다.

당연히 작가도 지금은 퉁퉁 아재!

반면, 저는 아무리 시간이 흘러도 열○살! ○ 안은 취향에 맞춰 숫자를 적어넣으시길!

아! 방금 '내 취향에 맞추려면 열○살이 아니라 ○살이어야지'라는 생각을 머릿속에 떠올린 당신! 편집부 앞으로 부디 꼭 편지 주십시오! 바로 고발할 테니.

팬레터를 보내주신 여러분께 작가가 보내는 연하장에는 제가 아~주 어리게 그려져 있는 경우가 많습니다만, 그건 어디까지나 작가의 낙서 실력 문제입니다!

하나의 이야기가 이만큼 오래 이어진 건 여러분의 응원이 있었기 때문이지요. 작가 역시 감금당한 오사키 남쪽 항구의 창고에서 감사를 드리고 있을 겁니다.

이 이야기는 그렇다고 치고!

이 「슬레이어즈」라는 작품을 해설하자면 저, L이 세계 각지를 돌아다니며 먹고 마시는 식도락 여행!

동쪽에 맛 좋은 소바집이 있으면 국숫발을 후루룩 들이키고, 서쪽에 근사한 고깃집이 있으면 온갖 고기를 젓가락으로 가르며 대난동!

그런 이야기면 좋겠다 싶습니다만!

……….

…헛! 냉정하게 생각해 보니 주인공은 좀 다르지만 대충 그런 이야기 맞다 싶기도!

크으…! 생각보다 제법이잖아, 작가!

시리즈 제1권인 이 이야기는 작가가 장편소설상에 응모하기 위해 쓴 것으로 운 좋게 시리즈화!

저의 감으로는 작가는 인생의 운 중 4분의 3 정도는 여기 써버린 게 아닐지. 그래서 카드 운이나 주사위 운은 괴멸적으로 나빠져서 인생 게임은 늘상 꼴찌에, 주사위가 4 이상의 눈이 나오는 건 기적에 가까운 상태!

6이라도 나왔다간 내일 죽음이 찾아오는 거 아닌지!

냉정하게 생각해 보면 '주사위를 굴려 6이 나올 확률은 6분의 1'이라지만 그건 '작가가 주사위를 굴린 통계'가 아니라 '세상 사람 모두가 주사위를 굴린 통계'니까 어쩔 도리가.

원래 단편이라고 생각하고 쓴 작품이 시리즈로 이어진 탓에, 이후에 쓴 장편에서 설정 착오가 생기기도 했지요.

이번 신장판을 내면서 이런 부분은 아주 약간 수정을 했다나 안 했다나 하는 소문이 들리긴 하던데 나는 모르겠네.

딱히 내가 등장하는 장면이 늘어난 것도 아니고. 신장판을 다시 낼 거면 내용도 다시 쓰면서 부족한 부분을 채우면 될 거 아냐.

그러면서 내 출연도 곱빼기로 늘리고!

예 • 슬레이어즈 제2권 아트라스의 마도사 • 줄거리

아트라스 시티에 도착한 리나와 가우리.

…는 뭘 어쩌건 바로 나, L은 작가 이름으로 긁은 1인분에 1만

엔이나 하는 오사카 신사이바시의 스키야키를 먹고 다닌다!

그 사실을 알게 된 성질 더러운 작가는 비열하게도 나의 즐거운 식사를 방해하기 위해 자객을 보낸다!

위기다 L! 힘내라 L!

나는 과연 자객들의 마수를 피해 날 찾아온 상대에게 스키야키 냄비로 후려갈긴 것을 사과하는 차원에서 밥값을 내게 만들며 파란의 밤을 만끽할 수 있을 것인지!?

도톤보리 깊은 곳에 봉인된 커넬 샌더스 인형의 저주란?

과연 근처에는 푸욱 늘어질 수 있는 대형 욕조가 있을 것인가!?

다음편, 슬레이어즈 제2권 아트라스의 마도사.

─밤의 번화가에 흩날리는 청구서가 피를 뽑는다─

이런 느낌,

아아 읽고 싶다!

읽고 싶은 마음이 드신 당신, 꼭 작가에게 보내는 팬레터에 "후기를 쓰는 사람 이야기를 들어주세요. 이미 제정신은 아닌…"이라고 적어서 편집부로 양껏 보내주세요!

응? 리나와 가우리는 어떻게 됐냐고? 그게 누군데?

그런 사소한 일에는 신경 끄고! 부디 다음 권 후기에서 다시 만날 수 있다면 러키일 것 같습니다.

후기 : 끝

슬레이어즈 1

1판 1쇄 발행   2020년 5월 15일
1판 2쇄 발행   2020년 11월 24일

지은이   Hajime Kanzaka
일러스트   Rui Araizumi
옮긴이   김영종

발행인   정욱
편집인   황민호
본부장   박정훈
마케팅   조안나 이유진 이수정
국제판권   이주은 김준혜

제작   심상운 최택순 성시원
발행처   대원씨아이㈜
주소   서울특별시 용산구 한강대로15길 9-12
전화   (02)2071-2018
팩스   (02)749-2105
등록   제3-563호
등록일자   1992년 5월 11일
ISBN   979-11-362-3188-8   04830

SLAYERS! Vol.1
ⓒHajime Kanzaka, Rui Araizumi 2008
First published in Japan in 2008 by KADOKAWA CORPORATION, Tokyo.
Korean translation rights arranged with KADOKAWA CORPORATION, Tokyo.

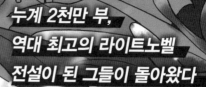

누계 2천만 부,
역대 최고의 라이트노벨
전설이 된 그들이 돌아왔다

오늘도 여행 중인 천재 마도사이자 전사인 리나 인버스 &
실력파 미남 용병 가우리 가브리에프.
아트라스 시티의 음식점에서 일으킨 난투 소동이 원인이 되어
두 사람은 마도사협회의 높으신 분인
'보라색의 타림' 호위를 맡게 된다.
마도사협회의 평의장인 '백색의 할시폰'이 실종된 뒤
그 공백을 노리고 '보라색의 타림' '청색의 데이미아'가
치열한 권력 투쟁을 벌이던 중이었던 것.
진상을 쫓던 그들의 눈에 드러난 것은 마족의 그림자?!

● 슬레이어즈 시리즈
슬레이어즈 1 SLAYERS
슬레이어즈 2 아트라스의 마법사
슬레이어즈 3 사일라그의 요마
슬레이어즈 4 배틀 오브 세이룬

HAJIME KANZAKA 칸자카 하지메 일러스트 | 아라이즈미 루이 번역 | 김영종

슬레이어즈 ②
아트라스의 마도사